KB049133

TV동화 행복한 세상

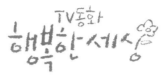

TV동화
행복한 세상

기획 | 박인식　글·구성 | 이미애

샘터

TV동화
행복한 세상 · 1

1판 1쇄 발행 2002년 3월 5일
2판 1쇄 발행 2002년 7월 23일
3판 9쇄 발행 2022년 5월 16일

기획·구성 박인식
펴낸이 이봉우

콘텐츠본부 고혁 김초록 김지용 이영민
마케팅본부 송영우 어찬 윤다영
관리 박현주

펴낸곳 (주)샘터사
등록 2001년 10월 15일 제1-2923호
주소 서울시 종로구 창경궁로35길 26 2층 (03076)
전화 02-763-8965(콘텐츠본부) 02-763-8966(마케팅본부)
팩스 02-3672-1873 이메일 book@isamtoh.com 홈페이지 www.isamtoh.com

ⓒ KBS 한국방송, 2002, Printed in Korea.

이 책은 저작권법에 따라 보호를 받는 저작물이므로 무단 전재와 복제를 금지하며,
이 책의 내용의 전부 또는 일부를 이용하려면 반드시 저작권자와 ㈜샘터사의 서면 동의를 받아야 합니다.

ISBN 978-89-464-1795-3 04810
ISBN 978-89-464-1794-6 04810(세트)

값은 뒤표지에 있습니다.
잘못 만들어진 책은 구입처에서 교환해 드립니다.

지금 하고 있는 일에서 행복을 느낀다면,

지금 함께 있는 사람 곁에서 행복을 느낀다면

바로 그것이 '행복'입니다.

우리에게 '행복'을 주는 것은 바로 내 안에, 내 가까이에 있습니다.

휴식과 위안을 주는 가슴 따뜻한 이야기

KBS에서 제작, 방송하고 있는 〈TV동화 행복한 세상〉이 한 권의 책으로 나오게 되었습니다. 모든 것이 여러분의 격려와 박수 덕분입니다. 지금까지 책으로 완성되기를 바라고 기다려 주셨던 많은 분들이 있었기에 오늘의 이 책이 더욱 반갑습니다.

디지털이 주는 미래의 꿈과 함께 따뜻한 아날로그의 추억과 사랑을 소중하게 담고자 〈TV동화 행복한 세상〉을 기획하고 제작하였습니다. 〈TV동화 행복한 세상〉에는 디지털 세상을 살아가는 현대인에게 휴식과 위안을 주는 가슴 따뜻한 이야기가 가득 담겨 있습니다.

한 장 한 장의 그림과 한 편 한 편의 이야기 속에는 편견과 오해를 뛰어넘은 사랑과 용서, 이해와 배려의 마음, 누구나 가슴 한 켠에 간직하고 있는 삶의 아름다웠던 순간들이 담겨 있습니다.

열이 끓는 내 이마를 짚어 주시던 어머니의 손이 있고, 자식의 그릇된 모습을 보시며 눈물을 삼키시던 아버지가 있습니다. 서로를 아껴 주는 이웃들의 따뜻한 미소가, 아이들의 맑은 눈망울이, 남의 실수를 말없이 덮어 주는 여유로운 웃음이 있습니다.

〈TV동화 행복한 세상〉을 만드는 동안 가장 많이 생각했고 가장 많이 고민했던 것은 '행복'이 무엇이며, 어떻게 하면 '행복'해질 수 있는가에 관한 것이었습니다. 많은 사람들이 무언가를 좇아 급히 달려갑니다. 옆도 뒤도 돌아볼 여유없이 자기 앞에 놓인 무언가를 위해 열심히 달려가다 보면 가족도, 친구도, 이웃도 어느새 저만치 떨어져 있다는 걸 뒤늦게 발견하게 됩니다.

자신의 주위에 있는 소중한 사람들과 아름다운 추억을 만드는 것이 자신의 삶을 아름답게 만드는 것입니다. 누구나 가슴속에 하나쯤 간직하고 있는 삶의 기억들이 내 삶을 윤택하게 하고 하루하루를 살아갈 힘과 용기를 주는 것이 아닐까 생각합니다.

〈TV동화 행복한 세상〉이 보여 주는 한 편 한 편의 짧은 이야기들은 소중한 사람들과의 따뜻한 추억이며 아름다운 사랑입니다. 그 짧은 이야기들은 실제로 있었던 일이며 우리들의 살아가는 이야기입니다. 바쁜 일상 속에서 그동안 잊고 살았던 소중한 것이 그리워질 때, 조용히 꺼내 보고픈 보물 상자 같은 책이 되었으면 하는 바람입니다.

단 한 사람에게 일지라도 우연히 전해진 감동의 글 한 편이 그 지친 삶을 위로할 수 있기를, 푸근히 어머니 가슴팍에 기댄 듯 편안한 휴식의 시간이 될 수 있기를 간절히 바랍니다. 그리고 행복의 열쇠는 사랑과 나눔임을, 화해와 용서임을, 이해와 배려임을 느꼈던 순간 순간을 이 책을 통해 함께 나누고 싶습니다.

한 장 한 장 아름다운 그림들을 이어서 지구를 모두 감쌀 때까지…

한 글자 한 글자 따뜻한 이야기들을 모아서 지구를 모두 덮을 때까지…

차곡차곡 조금씩 사랑과 나눔의 문화가 온 누리에 가득 찰 때까지…

〈TV동화 행복한 세상〉은 아름다운 그림을 그리고 따뜻한 이야기를 전해 드리겠습니다.

아프고 쓰린 기억들을 그리고 따뜻하고 아름다운 추억들을 방송소재로 사용할 수 있도록 허락해 주신 모든 원작자와 출판사에게, 그리고 〈TV동화 행복한 세상〉의 인터넷 홈페이지 '방송소재 제공' 란에 행복한 사연들을 보내 주신 시청자 여러분께 머리 숙여 진심으로 감사를 드립니다.

따뜻한 가슴과 부드러운 손으로 한 장 한 장 아름다운 그림들을 세상에 보여 주신 100여 명의 단편 애니메이션 작가와 애니메이션 제작업체에게, 언제나 밝은 웃음으로 격려해 주시는 이동순 외주제작국장님에게, 듬직하게 믿음을 주시는 만화영화부 김광태 부장님, 헤매고 덤벙대는 저에게 힘과 용기를 북돋워 주신 민영문 차장님과 최수형 차장님 그리고 선후배와 동료에게, 가슴에 스미는 아름다운 글로 사랑을 나누어 주신 이미애 작가님에게, 구수하고 따뜻한 목소리로 감동을 선물해 주신 이금희 아나운서에게, 아이에서 노인까지 모든 역할의 대사를 훌륭하게 표현해 주신 은영선 성우와 유동균 성우에게, 섬세한 디지털 편집으로 애니메이션의 완성도를 높여 주신 영상그래픽실의 이두환 님에게, 넉넉한 미소가 매력인 제작편집 담당 심분녀 차장님과 완벽한 음의 조화를 추구하시는 더빙 담당 유강석 차장님 에게, 방송 아이템을 정리하고 체계화시켜 좋은 방송을 할 수 있도록 해 주신 강근영 님과 손병혁 님에게, 프로그램을 빛내 주신 〈TV동화 행복한 세상〉의 전 제작진에게, 책으로 나오게 되기까지 여러모로 애써 주신 샘터 오연조 부장님과 예쁜 책으로 꾸며 주신 허혜순, 정선형 님에게, 그리고 바쁘다는 핑계로 해야 할 도리를 다하지 못한 가족과 친구들에게 진심으로 감사를 드립니다.

그리고,

아침 일찍 출근하고 밤 늦게 퇴근하는 막내아들을 쓰린 가슴으로 묵묵히 지켜 주신 어머니께 이 책을 드리고 싶습니다.

박 인 식

KBS 〈TV동화 행복한 세상〉 담당 프로듀서

가슴속에 묻어둔 행복찾기

지난 봄, 너무 슬프고 너무 아름다워 마치 동화 같은 실화들을 한아름 모아 놓고 〈TV동화 행복한 세상〉을 시작하면서 저는 보물찾기를 하는 아이처럼 행복했습니다.

사람들이 묻습니다. 어디서 그 많은 얘기를 다 찾아내냐고… 그 얘기는 지어낸 거 아니냐고… 심지어 어떤 건 상상력이 지나쳐 억지스럽다고… 그런 기적이 어딨냐고 꼬집기도 합니다. 분명 겪은 이가 존재하는 실화인데도 말입니다.

언젠가는 제 기억속 슬픈 이야기를 꺼내 썼다가 너무 억지스럽다고들 야단해서 그냥 묻어 버리고 만 일도 있습니다.

동화가 되려다 만 그 실화의 주연은 어머니였습니다. 제 어머니는 나이 마흔 다 된 막내를 끝내 짝지우지 못한 설움에 뜬눈으로 돌아가셨습니다.

일 좀 한답시고 같은 서울하늘 아래 살면서도 한 달 넘게 코빼기도 못 비치는 딸을 꾸짖기라도 하듯 어머니는 어느 여름 깊은 밤 온다간다 말 한 마디없이 세상을 뜨셨습니다.

참 황망한 영결 끝에야 생전의 불효가 부끄러워 가슴 짓찧던 제 꿈에 어머니가 슬픈 얼굴을 내미셨습니다. 그리곤 마른 가슴을 문지르며 말씀하셨습니다.

"막내야, 여기가 아프다… 여기가 아퍼… 파스 좀 붙여 줄래?"

그러나 어머니는 이번에도 시간을 주지 않았고 막내는 빈손으로 허공만 휘젓다가 꿈을 깨고 말았습니다.

꿈결의 파스 사건이 내내 명치를 짓눌러 죽을 맛이던 저는 지난 가을 하늘 맑던 날, 파스 한 장을 사들고 어머니의 무덤을 찾았습니다. 그리고 잔디 숭숭 난 무덤에 그 파스를 붙여 드렸습니다.

아마도 저는 살면서 엇나가고 싶을 때마다 그날 그 꿈결에 나타나 아픈 가슴을 문지르던 어머니를 떠올리면서 스스로를 바로 세우게 될 것입니다.

〈TV동화 행복한 세상〉이 이기심과 유형무형의 폭력으로 얼룩진 세상 속 모든 어른들에게 따뜻한 사랑을 두루 전염시키는 바이러스가 되기를 바랍니다. 무엇보다 겨울 보리싹처럼 푸릇푸릇 자라나는 아이들에게 행복한 세상으로 가는 길을 일러주는 이정표가 되기를 바랍니다.

후배의 어여쁜 딸 채리와 봄이, 은별이의 머리맡에, 거의 날마다 〈TV동화 행복한 세상〉을 본다는 가수 이선희 씨의 서랍에, 그리고 어머니의 무덤가에 이 책을 드리고 싶습니다.

이 미 애
〈TV동화 행복한 세상〉 구성작가

우리들 일상 속의 아름다운 사연

세상이 살기 좋아졌다고 말하지만 여전히 가슴 한 편엔 허전함이 있는 요즘입니다. 그래서인지 더욱더 가슴 찡한 감동을 주는 이야기가 그리워집니다.

〈TV동화 행복한 세상〉은 이렇듯 아름답고 감동적인 사연들을 파스텔톤의 애니메이션과 정감 있는 목소리로 전해 주는 프로그램입니다. TV라는 매체를 통해 이렇게 진한 감동을 전해 주는 프로그램도 드물다는 생각이 듭니다.

우정사업본부가 공익사업의 일환으로 〈TV동화 행복한 세상〉의 협찬을 하게 된 계기도, 우리들 일상생활 속의 따뜻하고 아름다운 사연을 방송을 통해 전해 주어 일상에 지친 사람들에게 삶의 의미와 감동을 생각해 보는 시간을 갖게 하고 싶었기 때문입니다.

더욱이 이번에 〈TV동화 행복한 세상〉이 한 권의 책으로 만들어져 무척 뜻깊은 일이 아닐 수 없습니다.

작품당 5분밖에 안되는 방영시간 동안 아름다운 사연을 압축해서 보여 주기 위해, 매일 계속되는 방송의 소재를 찾기 위해 여러모로 애쓰셨던 모든 분들의 노고에 감사의 말씀을 전합니다.

앞으로도 〈TV동화 행복한 세상〉이 아름다운 우리 주변의 이야기들을 많이 전해 주어 우리 사회에 따스한 햇살이 되는 작품으로 자리잡기를 바랍니다. 우정사업본부의 우체국예금·보험 사업도 각종 공익사업을 통해 우리 사회와 함께하는 모습을 계속 보여 드릴 것입니다.

이 한 권의 책이 널리 읽혀서 우리 사회에 아름답고 따뜻한 마음이 퍼져나가기를 기대합니다.

이 교 용
우정사업본부장

TV동화 행복한세상 | 차례

1
첫마음을 찾아서

2

세상에서 가장 맛있는 라면

3

네가 손을 잡아 준다면

4

엄마는 그래도 되는 줄 알았습니다

5

고마움을 그린다

1

첫마음을 찾아서

누나와 앵무새

어머니는 벌써 몇 년째 앓아 누워만 계셨습니다.

그런 어머니가 어느 날, 헝클어진 머리카락을 곱게 빗어 쪽찐 뒤 우리 남매를 불러 앉혔습니다. 어머니는 마치 먼 여행이라도 떠나려는 사람처럼 슬픈 얼굴이었습니다.

"정수야, 누나를 부탁한다. 니가 누나의 목소리가 돼줘야 해. 그럴거지?"

"엄마, 왜 그런 말을 하세요?"

어머니는 말 못하는 누나가 마음에 걸려 차마 눈을 감을 수가 없다며 나의 손을 꼭 잡고 당부를 하셨습니다. 어머니는 며칠 뒤 우리 남매의 손을 그렇게 하나로 맞잡고는 영영 돌아오지 않을 먼 길을 떠났습니다.

그로부터 10년 세월이 흘렀습니다.

먼 친척의 도움으로 야간고등학교를 겨우 마친 나는 서울에 직장을 얻어 상경했고 누나는 뗄래야 뗄 수 없는 혹처럼 나를 따라다녔습니다.

그러던 어느 날이었습니다. 피곤에 절어 집에 돌아온 나는 누나가 집에 앵무새 한 마리를 들여놓고 동네아이들을 불러다가 무엇인가 하고 있는 것을 보게 됐습니다.

"주주… 주… 주우……"

앵무새는 알아들을 수 없는 소리를 내고 아이들도 뭐라 말하고 있었습니다.

그 일은 그후로도 며칠이나 반복됐습니다.

"주욱 주욱……."

천식환자처럼 그렁그렁대는 앵무새는 그날

부터 내 늦잠을 방해하고 신경을 건드렸습니다.

"제발, 저 앵무새 좀 치워 버릴 수 없어?"

나는 누나에게 화를 내며 말했습니다. 하지만 누나는 내 성화를 못들은

체 무시해 버렸습니다.

그러던 어느 날 아침, 잠에서 깬 나는 소스라치게 놀랐습니다.

"생일… 추카… 생일… 추카!"

앵무새는 분명히 그렇게 말했습니다. 누나가 건네준 카드에는 단정한 글

씨로 이렇게 씌어 있었습니다.

'생일 축하한다. 내 목소리로 이 말을 하고 싶었는데…….'

생일축하! 목소리가 없는 누나가 난생 처음 내게 들려준 말이었습니다.

앵무새에게 그 한 마디를 훈련시키기 위해 누나는

그렇게 여러 날 비밀 작업을 했던 것입니다.

나는 쏟아지려는 눈물을 애써 감추며 입안

가득 미역국을 퍼넣었습니다.

느림보 버스

울퉁불퉁한 시골길로 버스 한 대가 들어섰습니다. 읍내에서 하루에 꼭 한 번 들르는 시외 버스였습니다.

몇 년을 한결같이 이 버스만 몰아 온 기사는 구석구석 들어앉은 동네며, 장날 누가 읍내를 가는지까지 훤히 꿸 정도였습니다.

"아이구 우짠댜. 버스 놓치겠네."

한 할머니가 헉헉대며 달려오고 있었습니다. 정류장에서 한참을 서 있던 버스가 막 출발하려 할 때 한 승객이 소리쳤습니다.

"아, 잠깐만요. 저기 할머니가……."

기사의 눈에 멀리서 보따리를 이고지고 달려오는 할머니 한 분이 들어왔습니다. 할머니는 행여 버스를 놓칠세라 종종걸음을 쳤지만 버스 꽁무니가 멀게만 보였습니다.

"에이. 이거 나 원 참……."

마음이 급한 승객들은 불평을 늘어놓았습니다.

"아 출발합시다! 대체 언제까지 기다릴거요?"

참을성 없는 승객이 울그락불그락 바쁘다고 재촉하자 기사가 말했습니다.

"죄송합니다 손님. 저기 우리 어머님이 오고 계셔서요."

"음, 나 원……."

화를 냈던 승객은 무안했던지 말꼬리를 흐렸고 그 모습을 보고 있던 한

청년이 벌떡 일어나 버스에서 내렸습니다.

승객들의 시선이 하나로 모아졌습니다. 버스에서 내린 청년이 할머니의

짐을 받아들었습니다.

"할머니, 짐 이리 주세요."

"아이구, 이렇게 고마울 때가 있나."

청년은 무거운 짐을 받아들고 할머니를 부축해 버스로 돌아왔습니다.

"으차."

두 사람이 짐을 올려놓고 버스에 오르는 순간 박수가 터져

나왔습니다.

승객들은 그 할머니가 기사의 어머니도, 청년의 어머

니도 아니라는 걸 알고 있었습니다.

아무리 급해도 서두르지 않는 느림보 버스 기사는 이따

금 아무도 없는 밤길에 전조등 불빛을 쏘아보내기도 합니다. 혹시 버스를 타려고 달려오던 손님이 돌부리에 채여 넘어지기라도 할까 봐 살펴주는 것입니다.

일을 끝내고 어두운 밤길을 걸어가는 마을 사람들을 만나게 되면 버스 기사는 그냥 지나치는 법이 없습니다.

"할아버지, 늦으셨네요. 얼른 타세요."

"아이구 고맙수. 기사양반."

"아, 밤길이 어지간히 어두워야 말이죠. 할아버지, 천천히 가도 괜찮으시죠?"

"아 그럼."

느림보 버스는 사랑을 싣고 달리는 버스입니다.

할머니의 손

어머니가 돌아가신 후 나는 할머니 품에 남겨졌습니다.

공사판을 떠돌며 생활비를 버느라 허덕이는 아버지의 짐을 조금이라도 덜어 주려고 할머니는 산나물 장사를 시작했습니다. 온종일 산으로 들로 다니며 나물을 캔 뒤 밤이 하얗게 새도록 할머니는 그 나물을 다듬었습니다.

어스름 새벽이 되면 할머니는 나물함지를 머리에 이고 시오리 산길을 걸어가 나물을 장터에 내다 팔았습니다.

"애기엄마, 나물 좀 들여가구려. 싸게 줄게."

하지만 장사는 잘되는 날보다 안되는 날이 더 많았습니다.

나는 할머니 없는 빈집이 싫었고 할머니가 캐 오는 산나물이 너무 싫었습니다. 숙제를 다하고 나면 으레 손톱 밑이 까맣게 물들도록 나물을 다듬어야 했기 때문입니다.

손톱 밑의 까만 물은 아무리 박박 문질러도 잘 지워지지 않았습니다.

그러던 어느 날 눈앞이 깜깜해지는 일이 생겼습니다.

"토요일까지 부모님을 다 모시고 와야 한다. 다들 알았지?"

중학교 진학문제를 의논해야 하니 부모님을 모시고 오라는 것이었습니다.

모시고 갈 사람이라곤 할머니뿐인데…….

나는 선생님의 그 말을 듣는 순간 한숨이 절로 나왔습니다.

"어, 어휴……."

허름한 옷, 구부정한 허리, 손톱 밑의 까만 땟국…….

나는 내심 걱정이 되어 속이 상했습니다.

무엇보다도 선생님이 할머니 손톱 밑의 그 까만 때를 보는 게 싫었습니다. 시무룩한 모습으로 집으로 돌아온 나는 한참을 망설이다 말을 꺼냈습니다.

"저, 할머니… 선생님이 내일 학교에 오시래요."

하는 수 없이 내뱉긴 했지만 할머니가 정말 학교에 오시면 어쩌나 싶어 나는 저녁도 굶은 채 이불을 뒤집어쓰고 잠이 들었습니다.

다음날 오후였습니다. 선생님의 부름을 받고 교무실에 갔다가 나는 그만

눈물을 쏟고 말았습니다.

"하, 할머니!"

선생님은 할머니의 두 손을 꼭 잡고 있었습니다.

"지영아, 할머니께 효도하려면 공부 열심히 해야겠다."

나는 선생님의 그 말씀에 와락 울음이 터져 나왔습니다.

선생님이 눈시울을 붉히며 잡아드린 할머니의 손은 퉁퉁 불어 새빨간 생

채기로 가득했습니다.

할머니는 손녀딸이 초라한 할머니를 부끄러워한다는 걸 알아차렸습니

다. 그래서 아침 내내 표백제에 손을 담그고 철수세미로 박박 문질러 닦

으셨던 것입니다.

거북이 등처럼 갈라진 손등에서 피가 나도록 말입니다.

아버지의 밥상

산골 작은 마을에 젊은 농사꾼이 살았습니다.

 그는 일거리가 태산같이 쌓여 있어도, 돈이 아무리 궁해도, 장날이면 어김없이 시오리길을 달려가서 생선이며 고기를 사 날랐습니다.

마을에서 제일가는 부자였던 그의 아버지는 노름빛에 가산을 죄 탕진하고 태산 같은 빚더미만 물려준 채 허물어졌습니다. 하루종일 방안에 누워 지내는 아버지는 설상가상 치매까지 걸려 정신이 오락가락해 때없이 밥만 찾았습니다.

"배고파… 애비야, 나 배고파……."

그 속을 알 리 없는 동네 아낙들은 날마다 장에 나가 고기며 생선을 사 들이는 그를 두고 분수를 모르는 사람이라며 비웃었습니다.

"나 참, 그 형편에 장마다 고기고, 날마다 생선이니 원……."

"누가 아니래요."

그의 아내는 오늘도 밥상을 두 개씩 차립니다. 쌀밥에 생선까지 올라앉은 진수성찬과 꽁보리밥에 열무김치가 전부인 가난한 밥상을 말입니다.

상을 다 차리자 그가 맛난 쌀밥상을 들고 안방으로 들어갑니다. 치매에 걸린 아버지는 밥을 반기며 똑같은 말만 반복합니다.

"밥 줘… 배고파. 밥 안 줘? 저것들이 늙은이 굶겨 죽이네."

노인은 매달리며 애원하듯 말합니다.

"애비야, 밥 줘. 나 배고파……."

아들은 생선살을 발라 주며 밥상 앞에 앉아 식사를 거듭니다.

"아버지 진지 대령했잖아요. 자, 아… 하세요."

아버지는 우물우물 쩝쩝… 맛있게 먹는 소리를 내며 음식을 받아먹었

습니다.

만석꾼 시절 머슴을 셋이나 거느리고 호령했던 아버지는 재산도, 기억도

송두리째 잃어 버렸지만 입맛은 그때 그대로인지 비린 것, 맛난 것만 찾

았습니다.

"내일은 고기 사 줄거지?"

 아들은 아버지의 입가를 닦아 주며 대답합니다.

"예, 아버지… 고기 반찬 해 드릴게요."

고기 한 근 생선 한 토막 사려면 몇날 며칠 날품을 팔아야 할지 모르지만 아들은 하루 세 끼 똑같은 투정을 되풀이하는 아버지에게 언제나 같은 약속을 되풀이합니다. 아내와 그는 허구헌날 꽁보리밥에 신김치, 달랑무 한 조각으로 허기만 겨우겨우 달래면서 말입니다.

남들이 뭐라 하든 그에겐 단 하나밖에 없는, 소중한 아버지이기 때문입니다.

누나와 라면

우리집은 전기도 들어오지 않는 강원도 산골 마을 외딴집입니다.

 엄마와 나 그리고 병든 누나, 이렇게 세 식구가 살았습니다. 무슨 병인지 이름조차 모른 채 까맣게 타들어가던 누나…….

가난과 싸우느라 팍팍해져 그리 살갑지 못했던 엄마조차 삐들삐들 말라가는 누나한테만은 뭐든 해주고 싶어했습니다.

"먹어야 산다. 제발… 죽이 싫으면 뭐 딴거 해주랴?"

뭐든지 먹고 싶은 것이 있으면 말하라는 엄마의 말에 고개만 가로젓던 누나가 기어드는 소리로 말했습니다.

"엄마, 라면… 라면이 먹고 싶어."

귀한 손님이나 와야 달랑 한 개 끓여 대접하던 라면. 그것도 마을 공판장엔 없고 읍내나 가야 살 수 있었습니다. 그런데 라면이라니…….

"근데, 괜찮아… 안 먹어도 돼 엄마."

나는 믿기지 않았지만 엄마는 조금도 망설이지 않고 후여후여 읍내로 달려가 누나가 그렇게 먹고 싶어하던 라면 한 봉지를 사왔습니다. 엄마는 가마솥에 물을 붓고 그 알량한 라면 한 개를 풍덩 빠뜨렸습니다. 하지만 누난 그 푹 퍼진 라면조차 제대로 먹질 못했습니다.

 누나가 아프다는 걸 모르는 것도 아니면서 라면 냄새
에 회가 동한 내가 그만 이성을 잃었기 때문입니다.

누나는 잠들고 엄마는 안 계시고, 그렇다면 '때는 이때다' 하며 나는 가
마솥 뚜껑을 열었습니다. 그리고는 해서는 안 될 짓을 하고 말았습니다.

누나 몫의 라면을 내가 후룩후룩 건져먹은 것입니다.

그때 엄마가 부엌으로 들어왔습니다.

"아니, 너……."

"어? 엄마……."

엄마는 부지깽이를 들고 철없는 내 행동을 나무라셨지만 이내 고개를 돌
리고 눈물을 흘리셨습니다.

그날 밤 내가 장독대 뒤에 숨어 훌쩍이고 있을 때 가엾은 누나는 불면 날

아갈 듯 가벼워진 몸을 끌고 와서 내 눈물을 닦아 주었습니다.

"누나, 미안해. 미안해. 엉엉……."

"괜찮아, 울지마."

"으으으 아아앙!"

차라리 머리통이라도 한번 쥐어박아 주었더라면 그토록 맘이 아리진 않았

을 텐데…….

그날 밤 우린 서로를 부둥켜 안은 채 눈이 퉁퉁 붓도록 울었습니다.

지워지지 않는 낙서

지난 봄, 우리 가족은 마당이 있는 집으로 이사를 했습니다. 우물이 있고 풋대추가 대롱 대롱 달려 있는 대추나무가 서 있는 그런 집으로 말입니다. 셋방을 전전하던 끝에 처음으로 장만한 내 집이라서 우리집 식구들은 모두 들떠 있었습니다.

말썽꾸러기 아들 딸 때문에 언제나 주인 아주머니의 잔소리를 귀에 달고 살아야 했던 엄마가 누구보다도 좋아했습니다. 이삿짐을 풀자마자 내게 주어진 일은 담장 가득한 낙서를 지우는 일이었습니다.

서툰 글씨, 어딘지 모를 주소, 약도…….

나는 깊고 아득한 우물에서 물을 퍼올려 낙서를 말끔히 지웠습니다.

"아, 다 지웠다."

그런데 참 이상한 일이 생겼습니다. 다음날 아침 눈을 비비고 나와 보니 내가 애써 지운 글씨들이 모두 되살아나 있었던 것입니다.

"어? 이상하다. 도깨비가 왔다 갔나? 아니면 달빛에 글씨가 살아나는 요

술담장인가?"

정말 알다가도 모를 일이었습니다.

나는 영문을 알지 못한 채 다시 우물에서 물

을 길어 올려 낙서를 다 지우고 엄마한테 검사까지 받았습니다.

"깨끗하게 잘 지웠네… 우리 착한 딸."

엄마는 머리를 쓰다듬으며 칭찬해 주셨습니다. 그러나 이상한 일은 다음날

에도, 그 다음날에도 일어났습니다. 누군가 어제와 똑같은 낙서를 가득 해

놓은 것입니다.

"대체 누가 이런 짓을……."

나는 낙서를 지우면서 누군지 잡히기만 하면 혼을 내 주리라 마음먹고

저녁내내 망을 보기로 했습니다. 그런데 그날 저녁, 두 소년의 그림자가

담장에 어른거렸습니다. 범인이 분명했습니다.

"형! 아빠가 하늘나라에서 이거 보고 이사간 집 찾아올거라고 그랬지?"

"물론이지, 아빠는 집배원이었으니까 금방 찾아오실 거야."

형제는 하늘나라로 간 아버지가 이사간 집을 찾아오지 못할까 봐 담장 가득

약도를 그리고 또 그렸던 것입니다. 나는 그날 이후 낙서를 지울 수가 없었습

니다. 아직도 우리집 담장엔 그 삐뚤빼뚤한 낙서가 선명하게 살아 있습니다.

손녀와 할머니

손녀는 할머니와 단둘이 살았습니다. 중풍으로 쓰러져 수족이 온전치 못한 할머니와 철부지 손녀딸. 두 사람이 맞는 아침은 늘 부산했습니다.

"아가, 일어나야지 학교 늦을라. 어여 가서 세수하고 와. 어여."

그날따라 두 사람 다 늦잠을 잔 터라 찬밥으로 아침을 겨우 해결하고 손녀는 부랴부랴 학교로 달려갔습니다.

"아이구, 내 정신 좀 봐."

손녀를 학교에 보낸 뒤에야 깜박 잊고 도시락을 챙겨 보내지 못했다는 걸 알게 된 할머니는 움직이기도 불편한 손으로 점심을 지었습니다. 손녀가 좋아하는 햄도 부쳤습니다. 그리고는 도시락을 싸들고 집을 나섰습니다.

학교까지는 꼬부랑 노인의 더딘 걸음으로 삼십 분이나 걸릴 먼 거리였습니다. 할머니는 점심시간이

10분쯤 지나서야 손녀의 교실로 들어섰습니다.

그러나 손녀는 자리에 없었습니다. 할머니는 도시락을 손녀의 자리에 두고 옆자리 아이에게 전해달라고 이른 뒤 집으로 돌아왔습니다.

지쳐 돌아온 할머니는 방문을 열다가 깜짝 놀랐습니다.

"아니, 우렁각시라도 왔다 갔나?"

방 한가운데 가지런히 밥상이 차려져 있는 것이었습니다. 할머니는 떨리는 손으로 밥상보를 가만히 들어 올렸습니다.

밥 한 그릇과 반찬 두 가지. 소박한 밥상 위엔 쪽지가 놓여 있었습니다.

'할머니, 오늘 친한 친구가 가사실습을 했어요. 그 친구한테 부탁해서 할머니 점심 진지 차린 거니까 제 걱정 마시고 맛있게 드세요.'

편찮으신 할머니가 점심까지 거르게 될까 봐 마음이 아팠던 손녀가 그새 다녀간 것입니다.

"에그, 기특한 것."

할머니는 차마 수저를 들 수 없어 상보를 덮어 놓은 채 손녀를 기다렸습니다. 시간이 흘러 밥은 식었지만 밥상에 가득 차려진 손녀와 할머니의 사랑은 언제까지나 식지 않았습니다.

눈썹 그리는 여자

어느모로 보나 눈부시게 아름다운 여자가 있었습니다.

그런 그녀가 감추고 싶은 비밀 하나! 그것은 눈썹이 없다는 것이었습니다.

그녀가 한 남자를 사랑하게 됐습니다.

여자는 늘 짙은 화장으로 눈썹을 그리고 다녔지만 언제 지워질지 몰라 마음이 편칠 않았고 하루에도 몇 번씩 거울을 봐야만 했습니다.

마침내 두 사람의 사랑이 결실을 맺던 날, 여자는 행복했지만 불안했습니다. 식이 끝날 때까지 눈썹에 온 신경을 곤추세워야 하기 때문입니다.

결혼식은 무사히 끝났습니다.

그날 이후 여자는 언제나 남편보다 먼저 일어나 눈썹을 그렸습니다. 혹시라도 눈썹이 없다는 걸 남편이 알게 되면 실망할지도 모른다는 걱정 때문이었습니다.

청소를 하거나 빨래를 하다가도 땀이 나면 눈썹은 지워졌고 여자는 그때마다 다시 그렸습니다.

"음… 찌개 맛있는데. 당신 음식 솜씬 정말 최고야!"

남편은 아내의 눈썹에 대해서는 한

마디도 하지 않았습니다.

3년이란 세월이 흐른 어느 날, 불행이 여자를 찾아왔습니다. 승승장구 번창하던 남편 사업이 망해서 하루아침에 거리로 나앉게 된 것입니다.

부부는 짐을 꾸려 달동네 판자촌으로 이사를 했습니다.

두 평 남짓 찌그러진 단칸방이었습니다. 하늘이 내려앉고 땅이 꺼질 일이 었지만 한탄만 하고 있을 수는 없었습니다.

부부는 기운을 추스르고 새 일을 찾았습니다.

맨처음 하게 된 일이 연탄배달이었습니다.

남편은 끌고 아내는 밀고 열심히 일했습니다. 그런데 아내는 얼굴에 연탄

검댕이가 묻어도, 땀이 흘러도 닦을 수가 없었습니다. 눈썹이 없는 게 들
통날까 두려웠던 것입니다.

그때 남편이 손수레를 세우고 아내에게 다가갔습니다. 그리고 수건으로
아내의 얼굴을 닦아 주기 시작했습니다. 지워질까 걱정하는 눈썹 부분은
조금도 건드리지 않은 채 말입니다.

머리가 좋아지는 약

 나는 아직도 그 날의 일을 잊을 수가 없습니다. 내가 쫓기듯 시장에 다녀왔을 때, 집안은 온통 난장판으로 어질러져 있었습니다.

"어휴…세…상에."

"엄마 맘마… 빠빠빠바……."

놀라는 내 마음은 아랑곳하지 않고, 아이는 장바구니 앞으로 달려들었습니다. 보지 않아도 뻔한 일. 나는 눈치없이 장바구니 앞으로 달려드는 둘째 아이를 잡고 다짜고짜 엉덩이를 때려 줬습니다.

"금방 청소 했는데 고새 이게 뭐야… 응?"

"으 앙!"

아이는 기겁을 하고 울었고 갑자기 숨이 턱 막힌 나는 때리던 손을 멈췄습니다. 사실 아이한테 무슨 죄가 있을까 싶었습니다.

나이 마흔이 넘어 본 둘째는 태어날 때부터 발육이 늦었습니다. 아이큐 80이 될까말까… 게다가 언어장애까지. 그 아이는 태어나면서부터 내

가슴에 못을 박은 아이입니다!

천지분간 못하고 뒤뚱대는 아이를 큰 딸은 그래도, 제 딴에는 언니라고 참 열심히도 챙깁니다. 밖에만 나갔다 하면 짓궂은 남자애들한테 놀림을 당하기 일쑨데도 동생을 부끄러워한 적이 한번도 없습니다.

그날도 엄마한테 야단맞은 동생을 달래려고 놀이터에 갔다가 한바탕 격투를 벌였다는 큰 딸. 그 애가 저녁 무렵 멸치를 다듬는데 저도 거들겠다고 소매를 걷어부치고 나섰습니다. 그런데 자세히 보니 몸통은 버려 두고 머리만 그릇에 소중히 담는 것이었습니다.

"정은아, 멸치는 몸통이 필요한거지, 머리는 버리는거야."

그 말에 아이가 대꾸했습니다.

"치… 나도 알아. 선생님이 그러시는데 멸치는 머리에 DHA가 들어 있어서 많이 먹으면 머리가 좋아진대. 이거 해은이 줄거야."

많이 먹고 동생 머리가 좋아졌으면 좋겠다며 모은 멸치머리. 나는 아무말도 못한 채 아이를 꼭 껴안았습니다. 천방지축 늦되는 동생이 큰애의 가슴에도 아프게 자리하고 있었던 것입니다.

아내의 자가용

서울 변두리에 가난한 부부가 살았습니다.

"당신, 오늘… 알죠?"

이른 아침, 아내의 머리 위에 옥수수가 담긴 함지를 올려 주며 남편이 대답했습니다.

"으차! 알았어. 일찍 끝낼 테니 걱정 말라구."

남편은 시장통에서 손수레로 물건을 실어나르는 짐꾼이었고, 아내는 옥수수를 쪄서 시장에 내다 파는 행상이었습니다.

"두 개? 하나? 글쎄, 찰옥수수라니까요."

초여름 뙤약볕 아래 좌판을 벌이고 옥수수를 파는 일은 참으로 고단했지만 아내는 한푼 두푼 돈 모으는 재미로 힘든 줄을 몰랐습니다.

그날은 남편의 생일이었습니다. 아내는 다른 날보다 일찍 장사를 끝낸 뒤 남편을 위해 선물을 사고 고기며 찬거리들을 한아름 장만했습니다.

그런데 집으로 가는 길에 문제가 생겼습니다.

"잠깐만요… 아휴, 벌써 몇 번째야. 큰일났네."

많은 짐을 머리에 이고 힘겹게 올라타는 아내를 버스는 번번이 기다려 주지 않았습니다.

집까지는 두 시간이 넘게 걸리는 거리지만, 아내는 하는 수 없이 걷기로 했습니다. 그런데 순간 설움이 북받쳐 눈물이 주르륵 흘러내렸습니다.

한편, 남편은 아내가 밤 늦도록 돌아오지 않자 속상했다가 화가 났다가 끝내는 속이 까맣게 타들어갔습니다.

얼마나 지났을까……

멀리서 터벅터벅 걸어오는 아내가 보였습니다. 남편은 얼른 손수레를 끌고 달려가 짐부터 받아 실었습니다.

"아니, 왜 이렇게 늦었어?"

왜 늦었냐는 다그침에 아내는 눈물을 펑펑 쏟으며 짐이 많아서 차를 탈 수 없었다고 말했습니다.

남편은 가여운 아내의 말에 눈물이 핑 돌았지만 들키지 않으려고 애써 웃으며 아내를 번쩍 안아 손수레에 태웠습니다.

"자! 여왕님, 그럼 지금부터는 제가 모시겠습니다."

"아이, 당신두."

남편이 끄는 낡은 손수레.

퉁퉁 부은 발만큼 마음이 부어 있던 아내에게

그것은 세상 그 어떤 차보다 안락한 자가용이었습니다.

계란 도둑

아버지가 시골 중학교에서 아이들을 가르치고 계실 때의 일입니다. 어머니는 소일삼아 닭을 기르기로 하셨고 계란을 모으는 데 재미를 붙였습니다. 덕분에 우리 삼형제는 언제나 계란 반찬을 먹을 수 있어서 더할 나위 없이 좋았습니다.

계란은 하나 둘 모여서 우리 삼형제의 학용품이 되고 새신발이 되기도 했습니다. 그런데 어느 날 저녁, 아버진 온 가족이 모인 자리에서 중대발표를 하셨습니다.

"알았지? 큰형 졸업식 때까지 계란 반찬은 없는 거다."

대표로 우등상을 받게 된 내게 좋은 옷을 사 주기 위해서라는 게 이유였습니다.

"치, 너무해."

"맞어, 너무해."

동생들은 뾰로퉁해진 입으로 투덜거렸습니다. 동생들한테는 미안한 일이었지만 부모님이 결정한 일이라 어쩔 수 없었습니다.

작은 소동이 생긴 것은 일주일 뒤부터였습니다.

이상하게도 계란이 날마다 두 개씩 감쪽같이 사라진다는 것이었습니다.

"난 아냐! 안 먹었단 말이에요."

"저, 저두요."

"나도 아닌데⋯⋯."

의아해하는 어머니 앞에서 우리는 서로를 쳐다보며 영문을 몰라했습니다.

알을 낳는 닭은 열다섯 마리인데 계란은 열세 개밖에 없었습니다.

도대체 어떻게 된 일일까?

어머니는 닭장에 자물쇠를 잠그고, 닭장 앞에서 보초를 서 보기도 했지
만 도둑은 잡히지 않았습니다.

졸업식 날이 다가오자 어머니는 그 동안 모은 계란을 이고 장에 가서 청
색 재킷과 체크무늬 셔츠를 사오셨습니다.

"자, 바지는 입던 것을 그냥 입어야겠구나."

어머니는 아쉬워하셨지만 난 그것
만으로도 충분했습니다.

계란 도둑은 졸업식 날 아침에 밝혀
졌습니다. 괜히 쭈뼛쭈뼛거리고 늘

장을 부리던 막내가 어머니 앞에 내민 것은 하얀 고무신 한 켤레였습니다.

"이거, 엄마 고무신…. 계란 두 개……."

동생은 말을 잇지 못했습니다. 내 눈에 그제서야 어머니의 붉어진 눈시울과 낡고 빛바랜 고무신코가 들어왔습니다.

"그랬구나. 우리 착한 막내……."

엄마는 대견한 마음에 막내를 보며 미소지었습니다.

그 시절 우리에게 계란은 단순한 반찬이 아니었습니다.

노란 손수건

미국에서 실제로 있었던 일입니다.

플로리다 주의 포트 라우더데일 해변으로 가

는 버스는 언제나 붐볐습니다.

승객의 대부분이 휴가를 즐기러 가는 젊은 남녀거나 가족인 그 버스의

맨 앞자리에 한 남자가 앉아 있었습니다. 옆에는 아까부터 그를 지켜보

던 한 여자가 있었습니다.

허름한 옷에 무표정한 얼굴. 나이조차 짐작하기 힘든 그는 마치 돌부처

같았습니다.

버스가 워싱턴 교외의 휴게소에 멈춰섰을 때 승객들은 너나없이 차에서

내려 허기진 배를 채우기 바빴지만 돌부처 같은 남자만이 그대로 앉아

있었습니다.

'퇴역병사?'

'아냐, 배를 타던 선장?'

호기심에 가득 찬 여자가 더 이상 참지 못하겠다는 듯 다가가 말을 걸었습

니다. 그는 한참 뒤에야 침묵을 깨고 괴로운 표정으로 사연을 털어놓았습니다.

그의 이름은 빙고. 4년을 형무소에서 보내다가 석방되어 집으로 가는 길이었습니다.

"가석방이 결정되던 날 아내에게 편지를 썼소. 만일 나를 용서하고 받아들인다면 마을 어귀 참나무에 노란 손수건을 걸어 두라고. 손수건이 보이지 않으면 난 그냥 버스를 타고 어디로든 가 버리는 거요."

사연을 알게 된 승객들은 그의 집이 있는 마을이 다가오자 하나 둘 창가 자리에 붙어 커다란 참나무가 나타나기만을 기다렸습니다.

남자의 얼굴은 지독한 긴장감으로 굳어 갔고 차 안엔 물을 끼얹은 듯한 정적이 감돌았습니다.

"앗! 저기봐요! 저기!"

그때 승객들이 자리를 박차고 일어나 소리쳤습니다.

커다란 참나무가 온통 노란 손수건의 물결로 뒤덮여 있었던 것입니다.

나무 아랜 단 하루도 그를 잊어본 적이 없는 그의 아내가 서 있었습니다.

첫마음을 찾아서

그는 40대 힘없는 가장입니다. 구조조정 물살에 쓸려가지 않으려고 안간힘 쓰는 직장인이었습니다. 그러나 집에선 아무런 내색도 할 수가 없습니다. 속이 타면 애꿎은 담배만 뻑뻑 피워댈 뿐, 희망도 즐거움도 없었습니다. 상관의 질책과 무거운 업무에 시달리고 아랫사람 윗사람 눈치보며 이리저리 치이고 눌려서 그는 점점 작아져만 갔습니다.

그의 아내 역시 불행했습니다.

"휴, 또 적자야."

구멍난 가계부가 싫고, 허리띠를 졸라매야 하는 구차한 살림이 싫고, 돈을 더 펑펑 쓰고 싶었습니다.

생각하면 가슴이 자꾸만 팍팍해져 갔습니다. 이렇게 살려고 결혼을 한 건 아닌데… 자꾸 그런 생각이 들었습니다.

그래도 한땐 행복했었는데…… .

이래저래 늘어가는 건 짜증과 주름살뿐,

짧은 대화조차도 부부의 식탁을 떠난 지 오랩니다.

결혼기념일, 아침부터 토라져 얼굴을 붉히고 있는 아내에게 그는 아주 특별한 선물을 주기로 마음 먹었습니다.

"당신! 나랑 같이 어디 갈 데가 있어."

아내는 기쁜 마음으로 남편을 따라 나섰습니다. 내심 아내는 백화점 쇼핑이나 근사한 외식을 기대했지만 그가 아내를 데려간 곳은 백화점도 레스토랑도 아니었습니다. 얼음집, 쌀집, 구멍가게가 죽 늘어서 있고, 게딱지 같은 집들이 다닥다닥 붙어 있는 그곳은 부부가 신혼살림을 차리고 장밋빛 달콤한 꿈을 꾸던 달동네였습니다.

부부는 세들어 살던 쪽방을 찾아갔습니다. 그 창 너머로 부부가 본 것은 초라한 밥상 앞에서도 배가 부르고 아이의 재롱만으로도 눈물나게 행복한 아내와 남편. 바로 10년 전의 자신들이었습니다.

한참을 말없이 서 있던 아내가 소매끝으로 눈물을 훔치며 말했습니다.

"여보, 우리가 첫마음을 잊고 살았군요."

"그래, 첫마음."

첫마음. 그것은 세상 그 무엇과도 바꿀 수 없는 값진 선물이었습니다.

침묵의 서약

어느 결혼식장에서 있었던 일입니다.

하객들을 맞는 신부쪽 부모의 얼굴에 수심

이 가득했습니다. 신랑의 부모는 아예 결혼

식장에 나타나지도 않았습니다. 홀로 서 있는 신랑을 훔쳐보던 신부의

표정이 어두워졌습니다. 결코 행복할 수만은 없는 반쪽의 결혼, 신랑측

부모가 두 사람의 결합을 극구 반대했던 것입니다.

남자는 아버지 앞에 무릎을 꿇고 간절한 마음으로 애원했습니다.

"아버지, 제발요."

"절대 안 된다."

몇 달을 두고 허락을 구했지만 돌아오는 것은 심한 좌절감뿐이었습니다.

남자는 결국 부모의 뜻을 거스를 수밖에 없었습니다.

겉보기엔 남다를 것 없는 결혼식장의 빈 의자처럼 가슴 한 곳이 텅 빈 채

로 치르게 된 결혼식이었습니다. 주례사가 시작됐습니다.

"에… 검은 머리 파뿌리 되도록 사랑하는 것도 좋지만, 저처럼 검은 머

리 대머리 되도록 사랑하는 것도 좋을 것입니다."

식장 여기저기서 폭소가 터져 나왔습니다. 주례선생님의 한마디 한마디가 침울했던 식장 분위기를 바꾸고 신부의 얼굴에도 행복한 미소를 만들어내고 있을 때였습니다.

하객들은 신랑의 손이 부지런히 움직이고 있는 것을 발견했습니다. 듣지 못하는 신부를 위해 수화로 주례사를 통역해 주고 있었던 것입니다.

"에… 신랑 신부가 백년해로하려면 서로에게 이 머리처럼 광나는 말을 아끼지 말고 해 주어야 합니다."

순간 장내는 숙연해졌고 주례선생님은 정말 광나는 한마디로 주례사를 마쳤습니다.

"여기, 이 세상에서 가장 멋진 신랑이 가장 아름다운 신부에게 세상에서 가장 아름다운 말을 해 주고 있습니다."

잠시 침묵이 흐른 뒤 하객들이 하나 둘 자리에서 일어났습니다.

그리고 뜨거운 박수를 보냈습니다.

"고맙습니다."

그것은 아픔을 견뎌낸 신부와 신부의 아픔까지 사랑한 신랑에게 보내는 찬사요 갈채였습니다.

바보 같은 사랑

한 남자와 한 여자가 있었습니다. 둘은 서로를 목숨처럼 사랑했습니다.

그러던 어느 날 남자가 전쟁터로 가게 됐습니다. 남자는 무슨 일이 있어도 살아서 돌아오겠노라 다짐했고 여자는 언제까지나 기다리겠노라 약속했습니다.

전쟁은 치열했습니다. 죽음의 공포가 매순간 숨통을 조여 왔지만 남자는 오로지 사랑하는 이에게 돌아가겠다는 일념 하나로 수많은 전투를 치러 냈습니다. 하지만 얄궂은 운명은 남자를 가만 두지 않았습니다.

빗발치는 총탄을 뚫고 적진으로 진격중 무릎에 폭탄 파편을 맞은 것입니다.

"으아아악!"

남자는 비명을 지르며 정신을 잃고 말았습니다.

정신을 차렸을 때 그의 몸은 예전과 달랐습니다. 한쪽 다리만으로 평생을 살아야 한다는 게 그의 현실이었습니다.

전쟁터에서 불구가 된 남자는 이런 모습으로 사랑하는 사람 앞에 나타나

느니 차라리 이 세상에 없는 사람이 되자고 결심을 했습니다.

한편 애인이 돌아오기만을 손꼽아 기다리던 여자는 어느 날, 남자의 전우로부터 그가 전사했다는 편지를 받고 슬픔을 이기지 못해 그만 앓아눕고 말았습니다.

무심한 세월이 한 달 두 달, 일 년 이 년, 물처럼 흘러갔습니다. 전쟁터에서 돌아와 행여 여자의 눈에 띌까 숨어 사는 남자에게 그녀의 결혼소식이 전해졌습니다. 남자는 가슴이 아렸지만 그녀가 행복해진다면 견뎌야 한다고 생각했습니다. 그리고 먼발치에서 마지막으로 얼굴이나 한번 보려고 여자를 찾아갔습니다.

그런데 조용한 주택가 낮은 담장 너머엔 남자가 그토록 사랑하는 여자가 두 다리를 쓰지 못하는 남편과 함께 있었습니다. 한쪽 다리만 잃고도 여자 앞에 나서지 못했던 남자는 숨이 막혔습니다.

"헉! 바보같이 바보같이……."

여자는 사랑하는 남자를 잊지 못해 전쟁터에서 부상 당한 다른 이의 손발이 되어 살고 있었던 것입니다.

세상에서 가장 맛있는 라면

아버지의 하얀 운동화

아버지는 목발에 의지한 채 평생을 사신 분입니다.

그런 아버지가 힘든 걸음 연습을 시작하신 건 맏딸인 내가 결혼 얘기를 꺼낼 무렵이었습니다. 한 걸음 한 걸음이 얼마나 위태로워 보이던지 나는 아버지를 볼 때마다 마음이 참 아팠습니다.

지금의 남편이 처음 인사 드리러 오던 날, 나는 그에게 아버지의 목발을 보이는 게 끔찍이 싫었습니다. 하지만 그가 다녀간 뒤 아버지의 걸음 연습은 더 잦아졌고 그때마다 아버지의 주름진 얼굴은 땀으로 범벅이 되곤 했습니다.

무리하시지 말라고 아무리 말려도 아버지의 대답은 한결같았습니다.

"니 결혼식 날 손이라도 잡고 들어가려면 걸을 수는 있어야지."

나는 큰아버지나 삼촌이 그 일을 대신해 주기를 은근히 바랐습니다.

의족을 끼고 절룩거리시는 아버지 모습을 시댁식구들에게 보이고 싶지 않았기 때문입니다. 하지만 아버지는 어디서 났는지 하얀 운동화까지 구해 신고 힘겹게힘겹게 걸음 연습을 계속하셨습니다.

그러는 사이 결혼식 날은 하루하루 다가왔습니다. 나는 아버지의 마음을 알 수 있을 것 같으면서도 조금씩 두려워졌습니다. 저러다 정작 식장에서 넘어지시기라도

하면 어쩌나 하는 초조한 마음에 하객들이 수군거리지는 않을까 걱정이

되었습니다.

한숨 속에 하루가 가고 이틀이 가고 마침내 결혼식 날이 되었습니다.

온 세상이 축복하는 행복한 신부의 모습으로 서 있던 나는 절룩대며 신

부대기실로 들어서는 아버지를 본 순간 가슴이 덜컹 내려앉았습니다.

아버지는 말쑥한 양복 아래 하얀 운동화를 신고 계셨던 것입니다.

'도대체 누가 운동화를 신으라고 한 걸까?'

나는 누구에겐지도 모를 원망에 두 볼이 화끈거렸고 결혼식 내내 그 하

얀 운동화만 떠올라 고개를 들 수도, 웃을 수도 없었습니다.

그로부터 몇 년이 흘렀습니다.

아버지가 위독하시다는 소식을 듣고 병원으로 달려갔을 때 나는 비로소

결혼식 날 그 운동화의 사연을 알게 되었습니다.

"느이 남편한테 잘하거라. 사실 난 네 손을 잡고 식장으로 걸어 들어갈

자신이 없었단다. 그런데 네 남편이 매일 찾아와 용기를 주고 넘어지지

말라고 운동화까지 사 줬단다."

나는 그만 목이 메이고 눈물이 나와서 아무말도 할 수가 없었습니다.

이제는 낡아 버린 하얀 운동화를 아버지는 끝내 다시 신지 못하고 눈을

감으셨습니다.

세상에서 가장 맛있는 라면

그는 홀로 일곱 살 난 아들을 키우는 아버지입니다.

아이가 친구들과 놀다가 다쳐서 들어오기라도 하는 날이면 죽은 아내의 빈자리가 얼마나 큰지…, 가슴에서 바람소리가 난다는 사람.

그가 아이를 두고 멀리 출장을 가야 했던 날의 일입니다.

그는 기차시간에 쫓겨 아이의 아침밥도 챙겨 먹이지 못하고 허둥지둥 집을 나섰습니다.

밥은 먹었을까, 울고 있진 않을까, 차를 타고 내려가는 길에도 영 마음이 놓이질 않았습니다. 그는 출장지에서도 자주 전화를 걸었고 아들은 그때마다 괜찮다고, 걱정 말라고 제법 철든 소리를 했습니다.

하지만 아무래도 불안해서 일을 보는둥 마는둥 서둘러 마치고 집으로 돌아왔을 때 아이는 거실 소파에서 곤히 자고 있었습니다.

"허~ 녀석, 누가 업어가도 모르겠네."

잠에 취한 아이를 제 방에 눕힌 뒤 안도감과 피로가 한꺼번에 몰려와 맥이 탁 풀린 그는 잠자리에 누우려다 말고 깜짝 놀랐습니다.

침대 위에는 퉁퉁 불어터진 컵라면이 이불밑에

있었던 것입니다.

"아니, 이 녀석이!"

그는 화가 나서 아들의 방으로 걸어 들어가 다짜고짜 잠든 아들의 엉덩이를 철썩철썩 때렸습니다.

"너 왜 아빠를 속상하게 하니, 이불은 누가 빨라고 이런 장난을 치냐 말야!"

아내가 떠난 후 아이한테 매를 댄 건 처음 있는 일이었습니다.

바로 그때 아이가 볼멘소리로 말했습니다.

"장난친 거 아냐. 이, 이건 아빠 저녁밥이란 말이에요."

아빠가 퇴근할 시간에 맞춰 컵라면 두 개를 끓인 뒤 하나는 먹고, 아빠

몫은 식을까 봐 이불 밑에 넣어 두었다는 것이었습니다.

그는 그만 할말을 잃고 울먹이는 아이를 와락 끌어안았습니다.

국물은 죄 쏟아지고,

반쯤 남아 퉁퉁 불어터진 라면.

그것은 세상에서 가장 맛있는 라면이었습니다.

도둑수업

 어린 시절 우리 옆집에는 한쪽 팔이 없는

아이가 살고 있었습니다.

나이는 열두어 살쯤 되는 아이였습니다.

우리가 학교에 가는 시간이면 그 아이는 언제나 옥상에 올라가 우리집 앞

마당을 내려다 보거나 등교길의 재잘대는 아이들을 구경하곤 했습니다.

그 모습이 안쓰러워 말이라도 걸라치면 그앤 고개를 푹 숙이고 달아나곤

했습니다.

어느 날, 옥상 위의 아이를 발견한 나는 아빠에게 말했습니다.

"저 앤 팔이 없대요. 그래서 학교도 못 다니고 집에만 있는 거래요."

"저런, 딱하구나."

아마 그날 저녁이었을 겁니다. 아빠가 갑자기 창고에 버려둔 낡은 책상

을 들어내 부러진 다리를 붙이고 마당 한가운데 전깃줄을 연결해 전등까

지 켜는 것이었습니다.

"자, 오늘부터 여기서 공부하자. 이제 아빠가 우리딸 과외선생님이다."

나는 무슨 영문인지도 모른 채 아빠가 만든 뜨락 교실의 학생이 되었습

니다.

"자, 오늘 학교에서 배운 내용을 큰소리로 읽어 보거라."

그날부터 나는 눈이 오거나 비가 오는 날을 제외하고는 매일 한 시간씩

교과서를 읽고 동화책도 읽었습니다.

아빠가 그 별난 야간수업을 그만 둔 건 옆집 아이가 이사를 가던 날이었습

니다. 퇴근길에 이삿짐 트럭을 본 아빠가 물었습니다.

"옆집 아이 이사 가니?"

"네, 그런데 왜요?"

"그래… 다른 데 가서도 공부를 계속하면 좋을 텐데……."

나는 아빠가 왜 그런 말을 했는지, 옆집 아이의 이사에 왜 그리도 깊은

관심을 보이는지 궁금했지만 끝내 말을 아끼셨습니다.

내가 아빠의 그 깊은 뜻을 알게 된 건 세월이 흘러 강산이 두 번쯤 바뀌

고 난 뒤였습니다.

어느 날 소포 하나가 집으로 배달

됐습니다.

알 수 없는 이름, 알 수 없는 주소.

아빠는 고개를 갸웃거리며 소포를 뜯었습니다.

그 속에는 동화책 한 권과 편지 한 통이 들어 있었습니다.

'20여 년 전 옆집에 살았던 외팔이 소녀를 기억하시는지요? 그때 따님에게 읽어 주시던 동화가 얼마나 재미있던지 날마다 옥상에서 도둑수업을 했었답니다.'

그 도둑수업으로 희망을 얻어 이사 후 검정고시를 치고 대학까지 마친 뒤 얼마 전 동화작가가 되었다는 외팔이 소녀의 편지였습니다.

아빠는 그날 밤 배달된 한 권의 동화책을 읽고 또 읽으며 밤을 지새우셨습니다.

아버지의 등

결혼식을 며칠 앞둔 어느 날이었습니다.

식구들이 모두 모인 자리에서 나는 차마 입에 담지 못할 말로 아버지의

가슴에 평생 낫지 않을 피멍을 들게 만들었습니다.

"제발, 큰아버지 손잡고 들어가게 해 주세요."

말이 채 끝나기도 전에 오빠한테 뺨을 맞았지만 나는 막무가내였습니다.

가뜩이나 집안이 기우는데 등이 굽은 아버지의 손을 잡고 식장으로 걸어

들어가기는 정말이지 싫었습니다.

"흠… 걱정 말그래이. 안그래도 허리가 쑤셔서 그날은 식장에도 몬 간다."

시집가는 딸 마음 상할까 봐 아버지는 거짓말까지 하셨습니다.

나는 그 아버지의 아픈 속을 알면서도 결국 결혼식장에 큰아버지 손을

잡고 입장하는 불효를 저질렀습니다.

하지만 나도 자식인지라 골방에 틀어박혀 소주잔을 기울이고 있을 아버

지를 떠올리며 다시는 그러지 않겠다고 몇 번이고 다짐했습니다.

아버지 가슴속의 눈물 얼룩을 지워 드리지 못한 채 세월이 흘러흘러 아

이를 갖게 됐을 때, 시집살이에 입덧까지 하면서도 시어머니한테는 내 색도 못하고, 하루하루가 고역이었습니다.

그러던 어느날, 시장에서 돌아오던 나는 동네 어귀에서 내 눈을 의심하지 않을 수 없었습니다. 모자를 푹 눌러썼지만 작은 키에 굽은 등, 그리고 걸음걸이가 분명 친정아버지였습니다.

"아버지……."

나도 모르게 눈을 질끈 감고 아버지가 아닐거라고 중얼거리며 집으로 돌아왔습니다. 그런데 그날 저녁 퇴근하는 남편이 큼직한 보따리 하나를 들고 왔습니다.

"저 아래, 가게 아줌마가 주던데……?"

순간 뒤통수를 얻어맞은 듯한 느낌이 전해졌습니다. 그것은 아버지의 체취가 묻어 있는 보따리였습니다.

예감대로 보따리 속에는 아버지의 편지가 들어 있었습니다.

"하나는 청국장이고 하나는 겉절이대이. 배 곯지 말고 맛나게 묵으라."

시어른들 볼까 봐 집에도 못 오시고 아버지는 청국장 보따리를 가겟집에 전하고 가신 것이었습니다. 청국장엔 아버지의 짜고 쓴 눈물이 짙게 배어 있었습니다.

집 나간 아들

작은 산골 마을에 한 농사꾼이 살고 있었습니다.

"너, 우리 덕배 못봤냐?"

"형님, 혹시 우리 덕배 못보셨소?"

아버지는 목놓아 울며 아들의 이름을 불렀습니다.

"덕배야… 덕배야!"

세상 그 무엇보다 소중한 아들을 아무것도 아닌 일로 야단을 친 자신이

후회스러웠습니다. 하지만 뒤늦게 후회를 해도 소용없는 일이었습니다.

아무리 찾아다녀도 아들의 행방은 오리무중이었습니다.

며칠 후, 아버지는 뭔가를 결심한 듯 보였습니다. 그리고 마침내 그는 시

내 중심가의 유명상점으로 가서 그 앞에다 큰 광고판을 세웠습니다.

광고판에는 이런 글이 적혀 있었습니다.

'덕배야, 사랑한다. 집으로 돌아오너라. 내일 아침 여기서 만나자.'

식구라곤 열두 살 난 아들과 황소 한 마리가 전부

습니다. 어느 날 밤, 농사꾼은 한 일로 아들을

하게 나무랐습니다. 가슴은 찢어지는 듯 아팠

아들의 종아리에 회초리를 대고 말했습니다.

"아야 아, 아파요……."

"또 이런 일이 있을 땐 아주 쫓겨날 줄 알아라."

아버지는 아들을 엄하게 나무랐습니다.

하지만 아들은 자초지종을 알아보기도 전에 종아리부터 때린 이

미워 견딜 수가 없었습니다. 원망스러운 마음이 누그러지지 않아

주체할 수 없이 계속 흘러내렸습니다.

"흑흑흑……."

다음 날 아침, 농사꾼은 해가 중천에 뜨도록 보이지 않는 아들

갔다가 깜짝 놀라고 말했습니다.

"이 녀석이 몇 시인데, 아직까지… 아니!"

아들의 방은 텅 비어 있었습니다. 아들이 그만 사라져 버린 거

그날부터 그는 만사를 제쳐두고 사방팔방 아들을 찾아다니

람마다 아들을 보지 못했냐고 물었습니다.

다음날 아침, 그는 떨리는 마음으로 광고판을 세운 상점 앞으로 갔습니다.

그런데… 그 광고판 앞에는 뜻밖에도 덕배라는 이름을 가진 소년이 일곱 명이나 와 있었습니다. 모두가 가출한 아이들이었습니다.

그 중엔 종아리 몇 대 맞은 게 억울해 아버지를 버리고 집을 나갔던 그의 아들 덕배도 있었습니다.

"덕배야!"

다른 아이들 틈에서 차마 나오지 못하고 있던 덕배가 빼꼼히 모습을 드러냈습니다.

"아, 아빠."

"덕배야, 이 녀석아!"

두 사람은 서로를 꼭 껴안았습니다. 아들 덕배는 실망과 부러움이 엇갈린 다른 아이들의 시선을 뒤로 한 채 아버지의 품에 안겼습니다.

딸을 위한 기도

출근 시간의 소란이 지나가고 조금 한산해진 지하철에서의 일입니다.

그곳은 서브웨이 보부상이라 불리는 장사

꾼들의 영업무대가 되곤 합니다.

그날도 그랬습니다.

"자! 선전 기간에 한해서 단돈 천 원에 모시

겠습니다. 초강력 수퍼울트라 접착제가 천 원!"

강력접착제와 다용도 칼을 파는 이가 한바탕 열변을 토하고 간 뒤, 한 남

자가 그 뒤를 이었습니다. 초췌한 몰골의 그는 잠시 머뭇거리더니 용기

를 낸 듯 큰 소리로 외쳤습니다.

"저… 여러분 제 말을 잠시만 들어 주십시오."

승객들의 시선이 모아지자 그는 구구절절 사연을 늘어놓았습니다.

"제겐 네 살난 딸이 하나 있습니다. 아주 착하고 예쁜 아이입니다."

그런데 그 애가, 그 착하고 예쁜 딸이 그만 불치병에 걸려 죽어가고 있다

는 것이었습니다.

거기까지 말했을 때 승객들은 그가 물건을 팔기 위해 거짓말을 하는 거

라고 생각했습니다. 언짢아진 승객들은

그를 외면했습니다.

바로 그때 그가 등에 메고 있던 가방에서

책 한 권을 꺼냈습니다. 그리고 책을 파는 대신 그 책을 펴 보이며 말했습니다. 그 페이지에는 이렇게 씌어 있었습니다.

'기도가 소망을 이루어 준다.'

"많은 사람이 함께 기도를 해 주면 소원이 이루어진다고 합니다. 여러분, 부디 제 딸이 살아날 수 있도록 기도해 주십시오. 제 딸의 이름은 송희입니다… 부탁드립니다."

그는 꾸벅 절을 한 뒤 다른 칸으로 자리를 옮겼습니다.

잠시 침묵이 흘렀습니다.

다음 순간 승객들은 누가 먼저랄 것도 없이 손을 모았습니다. 그리고 기도했습니다.

이제 겨우 네 살! 죽음을 알기엔 너무 어린 아이 송희를 위해. 기도를 파는 그 아버지를 위해…….

희망의 연

교도소 어두운 창살 안에 한 남자가 갇혔습니다. 그는 중죄를 지어 종신형을 선고 받고 모든 것을 포기한 채 절망으로 하루하루를 보내며 살았습니다. 그는 몇날 며칠씩 말 한마디, 웃음 한번 흘릴 줄을 몰랐습니다. 그러던 어느 날 아침, 운동장에서 운동을 할 때였습니다.

연 하나가 육척 담벼락 너머로 떠오르는 게 보였습니다.

"저기 좀 봐! 웬 연이지?"

연은 바람을 타고 하늘 높은 곳까지 올라갔습니다.

"에휴, 연이 우리보다 낫구먼."

"그러게. 나도 저렇게 좀 훨훨 날아 봤으면……."

재소자들이 마음을 싣고 연은 교도소 하늘 위를 한참이나 맴돌다가 아침 운동시간이 끝나자 할 일을 다했다는 듯 모습을 감추었습니다. 다음날도 그 다음날도 연은 같은 자리에서 떠올라 교도소 하늘을 맴돌았습니다.

"도대체 누가 연을 띄우는 거야?"

"나 참……."

연의 비밀이 궁금해진 그는 교도관에게 슬며시 물어보았습니다.

"대체 누가 연을 띄우는 겁니까? 무슨 일이죠?"

"몰랐습니까? 당신 아들이라던데……."

"예에?"

자신의 아들이란 말에 그는 정신이 번쩍 들었습니다. 교도소에 들어올

때 겨우 걸음마를 뗀 철부지였는데 그 아들이 그새 자라 아버지를 향해

뭔가 말을 하고 있는 것이었습니다.

"그래, 너였구나, 너였어……."

그날부터 그의 생활은 달라졌습니다. 기운을 추스르고 누구보다도 열심

히 일했으며 진정으로 참회해 형량까지 줄게 됐습니다.

마침내 그가 출소하던 날, 교도소 담장 밖엔 어느새 청년이 된 아들이 연

을 날리고 있었습니다.

"많이 컸구나……."

"아버지!"

감회에 젖어 눈시울이 붉어진 아버지를 아들이 맞이했습니다. 하루가 백날

같은 절망 속에서 살아가는 죄수에게 아들의 연은 한가닥 지푸라기 같은

희망이었으며, 가족의 깊은 사랑을 전하는 무언의 전령이었던 것입니다.

초록 손수레

아버지는 시장의 환경미화원입니다. 낡은 손수레 하나에 엄마와 자식 셋, 무거운 짐을 싣고 평생 끌어오신 아버지는 시장통 너저분한 쓰레기들을 참 열심히 치우셨습니다.

언젠가 몹시도 더웠던 여름날, 나는 쓰레기로 가득한 수레를 끌고 땀을 뻘뻘 흘리며 언덕을 오르시는 아버지를 만났습니다. 니는 주저없이 달려가 언덕이 끝날 때까지 수레를 밀어 드렸습니다. 그런데 아버지는 나를 처음 보는 사람처럼 대하며 말했습니다.

"고맙다. 얘야, 자… 이거."

땀내 나는 동전 몇 개를 내 손에 쥐어 준 뒤 아버지는 가셨습니다. 아버지의 그 모습이 얼마나 쓸쓸해 보이던지 차마 발걸음이 떨어지지 않았습니다. 그러면서도 왜 아버지가 나를 모른 체했는지 궁금했습니다.

그날 밤, 집에 돌아오신 아버지는 내게 이렇게 당부하셨습니다.

"괜히 친구들한테 기죽을 테니 앞으로는 아버질 봐도 아는 체 말거라."

그 순간 "아버지, 저는 아버지가 부끄럽지 않습니다."라고 말했어야 하는데 나는 아무 말도 하지 못했습니다.

얼마 후, 피로에 지친 몸으로 쓰레기를 치우던 아버지가 교통사고를 당했습니다. 아버지의 분신이나 마찬가지였던 초록 손수레가 망가지고 아버지도 오랜 시간을 병원에서 누워서 지내야 했습니다.

아버지는 입원해 계시는 동안에도 하루라도 빨리 일어나려고 재활치료를 열심히 하셨습니다.

"후, 으차… 후……."

"아버지 조금만, 조금만 더요."

나는 아버지의 곁에서 용기를 불어넣어 주었습니다.

그렇게 한 달이 지나고 마침내 아버지는 병석을 털고 일어나셨습니다.

병원 문앞엔 퇴원소식을 전해들은 시장통 환경미화원 아저씨들이 모두 나와 계셨습니다.

어느새 말끔하게 수리된 초록 손수레와 함께 말입니다.

아버지와 아들

외딴 산골 오두막에 농사 짓는 아버지와 딸 하나 아들 둘, 삼남매가 살았습니다.

 이 집은 삼남매 중 한 명만이 학교에 다닐 수 있는

가난한 살림이었습니다.

고민 끝에 가족들은 냄비를 돌려 학교에 갈 사람을

정하기로 했습니다. 이 특별한 추첨 결과 학교에 다닐 수 있는 행운은 둘

째에게 돌아갔습니다.

"어? 에이…"

"약속대로 니가 학교에 가는 거다."

"미… 미안해, 누나."

학교는 개울 건너에 있었습니다. 둘째는 누나와 동생에 대한 미안함에

보답하려는 듯 누구보다 더 열심히 공부했습니다.

여름이 오고 장마가 찾아왔습니다. 장대비에 물이 불어 개울은 급류로

변해 버렸고 소년이 학교에 가려고 나갔을 땐 벌건 황톳물이 징검다리마

저 다 삼킨 뒤였습니다.

바로 그때 아버지가 다가와 발만

동동 구르는 아들을 등에 업고 개

울을 건넜습니다.

"허허, 우리 아들 많이 컸구나."

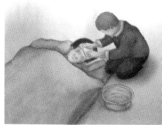

아버지는 어느새 부쩍 자라 무거워진 아들이 미덥고 기특했습니다.

그로부터 한 달 후, 시름시름 앓던 아버지가 몸져 누웠습니다.

누나와 동생은 아침 일찍 돈을 벌러 나가고 둘째가 병수발을 들게 되었

습니다. 아들은 결석을 하는 게 싫었지만 아픈 아버지를 집에 혼자 두고

갈 수는 없는 일이었습니다.

아버지는 아픈 몸으로도 한사코 아들이 학교에 가지 못하는 것만을 걱정

하였습니다.

"콜록콜록, 난 괜찮다. 어서 학교 가야지……."

아들은 한참을 궁리한 끝에 아버지를 업고 개울 건너 학교로 향했습니다

그 여름 아버지가 그랬던 것처럼 아버지를 등에 업은 채 말입니다.

교실 한켠 햇볕이 잘 드는 창가에서 온종일 아들을 지켜본 아버지는 그

하루가 힘겨웠지만 마냥 행복했습니다.

게으른 아들

작은 마을에 게으른 아들을 둔 아버지가 살고 있었습니다.

 늙고 병들어 더 이상 일을 할 수 없게 된 아버지는 종일

빈둥빈둥 놀기만 하는 아들이 걱정이었습니다.

어느 날 그의 아내가 이제 그만 아들에게 재산을 물려주자고

말했습니다.

"아, 언제 줘도 줄 건데 한밑천 떼주면 저도 저 살길을 찾지 않겠수?"

하지만 제 손으로 단돈 십 원이라도 돈을 벌어 보기 전에는 땡전 한 푼

물려주지 않겠다는 아버지의 결심은 꺾이지 않았습니다.

다음날 아내는 그 완고한 남편 몰래 아들한테 돈다발을 건넸습니다.

"아무 소리 말고 니가 번 돈이라고 해라."

아들은 내키지 않았지만 어머니의 간곡한 당부를 거절할 수 없었습니다.

"아버지 이거… 제가 일해서 번 겁니다."

당연히 기뻐할 줄 알았던 아버지는 말없이 돈을 화롯불에 던져 버렸습니다.

"아니, 이럴 수가!"

아들은 돈이 타는 것을 바라보며 아무 말도 하지 못했습니다.

아들은 그 길로 집을 떠났습니다. 그리고 이를

악물고 공사장을 전전하며 막노동을 했습니다.

그렇게 땀흘려 일한 지 한 달이 되었습니다.

난생 처음 귀중한 노동의 대가를 손에 쥔 그는 아버지를 떠올리며 집으로 돌아갔습니다.

"어머니!"

오랜만에 아들을 본 어머니는 달려와 아들의 손을 덥석 잡았습니다.

"아이고 내 아들, 어디 얼굴 좀 보자, 응?"

아들은 화병으로 쓰러진 아버지 앞에 자랑스럽게 돈을 내놓았고 어머니는 눈물을 흘리며 기뻐했습니다.

"공사판에서 벽돌을 나르고 번 돈입니다."

"아이고, 내 아들 장하다!"

기뻐하는 어머니와 달리 아버지는 이번에도 돈을 화로에 던져 버렸습니다. 아들은 깜짝 놀라 화로 속의 돈을 황급히 꺼냈습니다.

"아버지! 너무하십니다. 이 돈을 버느라고 제가 얼마나 고생했는지 아십니까?"

아버지는 그제서야 아들 손을 꼭 잡으며 말했습니다.

"이제야 내가 진짜 내 아들을 찾은 것 같구나. 돌아와 줘서 고맙다!"

아버지는 아들이 제자리로 돌아올 날만을 손꼽아 기다렸던 것입니다.

귤을 세는 아버지

주택가 골목 끝에 과일가게가 하나 있었습니다.

가게에는 탐스러운 과일이 수북했습니다. 주인

이 배달 간 사이 아들이 가게를 지키고 있을 때 승

용차 한 대가 가게 앞에 멈춰 섰습니다.

"어서 오세요. 뭘로 드릴까요?"

승용차에서 내린 부부는 낱개로 내놓은 귤을 하나 먹어 본 뒤 한 상자를

주문했습니다. 아들은 냉큼 귤 상자를 들어다 트렁크에 실었습니다.

"안녕히 가세요."

그러나 차가 막 출발하려 할 때 누군가 다급하게 앞을 가로막았습니다.

과일가게 주인이었습니다.

"죄송합니다, 손님. 귤 상자 좀 잠깐 확인하겠습니다."

"무슨 일이죠?"

부부가 놀라서 물었습니다.

주인은 트렁크에서 귤상자를 꺼내 가게 안으로 도로 들여갔습니다.

"아버지 무슨 일이에요? 제대로 팔았는데……."

시간이 지체되는 게 싫어 불쾌하기도 하고 계산이 잘못됐나 싶어 궁금하기도 한 부부도 따라 들어갔습니다. 그런데 어느새 상자를 열어 귤을 바닥에 쏟은 주인은 상자에서 상한 귤들을 가려내기 시작하는 것이었습니다.

"아이구 이런, 다섯 개가 곯았군요."

주인은 다른 상자에서 성한 귤 다섯 개를 골라 상자에 채워 넣고는 아들을 나무랐습니다.

"상자째 판다고 그냥 드려서는 안 된다. 이건 우리 가게의 귤이야."

"아, 예 아버지."

주인은 귤상자를 다시 차에 실은 뒤 기다리게 해서 미안하다고 정중히 사과했습니다.

"고맙습니다. 안녕히 가세요."

아들은 그 뒤로 귤을 상자째 팔게 될 때면 아버지가 했던 대로 일일이 살피는 것을 잊지 않았습니다.

꼴찌 하려는 달리기

어느 해 가을, 지방의 한 교도소에서 재소

자 체육대회가 열렸습니다.

다른 때와는 달리 20년 이상 복역한 수인

들은 물론 모범수의 가족까지 초청된 특별행사였습니다. 운동회 시작을

알리는 소리가 운동장 가득 울려퍼졌습니다.

"본인은 아무쪼록 오늘 이 행사가 탈없이 진행되기를 바랍니다."

오랫동안 가족과 격리됐던 재소자들에게도, 무덤보다 더 깊은 마음의 감

옥에 갇혀 살아온 가족들에게도 그것은 가슴 설레는 일이 아닐 수 없었

습니다.

이미 지난 며칠간 예선을 치른 구기종목의 결승전을 시작으로 각 취업장

별 각축전과 얼떤 응 인전이 벌어졌습니다. 달리기를 할 때도 줄다리기를

할 때도 어찌나 열심인지 마치 초등학교 운동회를 방불케 했습니다.

여기 저기서 응원 하는 소리가 들렸습니다.

"잘한다. 내 아들… 이겨라! 이겨라!"

"여보, 힘내요… 힘내!"

뭐니뭐니해도 이날의 하이라이트는 부모님을 등에 업고 운동장을 한 바퀴 도는 효도관광 달리기 대회였습니다.

그런데 참가자들이 하나 둘 출발선상에 모이면서 한껏 고조됐던 분위기가 갑자기 숙연해지기 시작했습니다.

푸른 수의를 입은 선수들이 그 쓸쓸한 등을 부모님 앞에 내밀었고 마침내 출발신호가 떨어졌습니다. 하지만 온 힘을 다해 달리는 주자는 아무도 없었습니다.

아들의 눈물을 훔쳐 주느라 당신 눈가의 눈물을 닦지 못하는 어머니… 아들의 축 처진 등이 안쓰러워 차마 업히지 못하는 아버지…….

교도소 운동장은 이내 울음바다로 변해 버렸습니다. 아니, 서로가 골인 지점에 조금이라도 늦게 들어가려고 애를 쓰는 듯한 이상한 경주였습니다. 그것은 결코 말로는 표현할 수 없는 감동의 레이스였습니다.

그들이 원한 건 1등이 아니었습니다. 그들은 그렇게 해서 함께 있는 시간을 단 1초라도 연장해 보고 싶었던 것입니다.

따뜻한 조약돌

6학년 땐가 몹시도 추웠던 겨울이었습니다.

 점심시간이면 말없이 사라지는 아이가 있

었습니다. 반친구들로부터 이유없이 따돌

림을 받던 아이는 늘 그렇게 혼자 굶고 혼

자 놀았습니다.

그러던 어느 날 그 아이가 다가와 쪽지 하나를 내밀었습니다.

'은하야, 우리집에 놀러 갈래?'

그 애와 별로 친하지 않았던 나는 좀 얼떨떨했지만 모처럼의 제의를 차

마 거절할 수가 없었습니다.

'그래, 수업 끝나고 보자.'

그날따라 날이 몹시 추웠습니다. 발가락이 탱탱하게 얼어붙고 온 몸이 오그

라드는 것 같았지만 한참을 가도 그 애는 다왔다는 말을 하지 않았습니다.

'으으으 추워… 도대체 어디까지 가는 거지?'

괜히 따라나섰다는 후회가 밀려오고 그냥 집으로 돌아가고 싶은 생각이

치밀기 시작할 때쯤 그 애가 멈춰섰습니다.

"다 왔어, 저기야. 우리집."

그 애의 손끝에는 바람은커녕 함박눈 무게조차 지탱하기 힘들어 보이는

오두막 한 채가 서 있었습니다.

퀴퀴한 방 안엔 아픈 어머니와 어린 동생들이 옹기종기 모여 있었습니다.

"아, 안녕하세요?"

"미안하구나. 내가 몸이 안좋아 대접도 못하고……."

내가 마음을 풀고 동생들과 놀아 주고 있을 때 품팔이를 다닌다는 그 애 아버지가 돌아왔습니다.

"어이구, 우리 딸이 친구를 다 데려왔네."

그 애 아버지는 단 한 번도 친구를 데려온 적이 없는 딸의 첫손님이라며 날 반갑게 대했고 동생들과도 금세 친해져 즐겁게 놀았습니다.

날이 저물 무렵 내가 그 애 집을 나설 때였습니다.

"갈게."

"또 놀러 올거지?"

"응."

그때 나를 부르는 소리가 들렸습니다.

"애야, 잠깐만 기다려라."

가려는 나를 잠시 붙잡아놓고 부엌으로 들어간 그 애 아버지가 얼마 뒤 무언가를 손에 감싸쥔 채 나왔습니다.

"저어… 이거. 줄 게 이거밖에 없구나."

그 애 아버지가 장갑 낀 내 손에 꼭 쥐어준 것, 그

것은 불에 달궈 따뜻해진 돌멩이 두 개였습니다. 하지만 그 돌멩이 두 개

보다 더 따뜻한 것은 그 다음 내 귀에 들린 한마디 말이었습니다.

"집에 가는 동안은 따뜻할게다. 잘 가거라."

"잘 가, 안녕."

"안녕히 계세요."

나는 세상 그 무엇보다 따뜻한 돌멩이 난로를 가슴에 품은 채 집으로 돌

아왔습니다.

사랑의 핏줄

어느 나른한 오후 쉬는 시간에, 드르륵 문이

열리고 한 남자가 교무실에 들어섰습니다.

"저, 3학년 2반 담임선생님을 뵙고 싶은데요."

자녀의 성적이라도 확인하러 온 학부모겠거니 짐작한 선생님은 담임 신

분을 밝히고 그를 맞이했습니다.

그런데 침울한 표정의 그는 죄송한 부탁을 드리러 왔다며 참 어렵게 말

을 꺼냈습니다.

"선생님반 학생 기학이가 제 동생입니다."

"아, 예."

"그런데 저희 어머니가 피가 모자라 수술을 받지 못하고 있습니다. 스물

네 시간 안에 피를 구해야 하는데……."

선생님은 어떻게든 피를 구해 보겠다고 약속을 했지만 자신이 없었습니다.

"어쩐다. 스물네 시간이라……."

선생님은 고심 끝에 방송실로 뛰어갔습니다. 그리고 떨리는 손으로 마이

크를 잡고 말했습니다. 친구의 어머니를 위해 피를 나눠달라고.

"여러분, 기학이는 여러분의 선배이고 친구입니다."

그렇게 방송을 한 후 선생님은 초조한 마음을 달래며 교무실을 서성거렸

습니다. 10분이 지나고, 20분이 지났을 때 한 여학생이 수줍은 얼굴로

문을 열었습니다.

"선생님, 제가 도움이 될 수 있을까요?"

선생님은 고마운 마음에 그 여학생의 손을 덥석 잡았습니다.

그리고 또 한 명, 또 한 명… 어느새 교무실은 아이들로 가득 찼습니다.

선생님은 그들 중 건장한 학생 스무 명을 데리고 병원으로 갔습니다.

검사 결과 수혈이 가능한 학생은 아홉 명이었습니다. 모두가 기꺼이 팔

을 걷었고 기학이 어머니는 무사히 수술을 마칠 수 있었습니다.

한걸음 한걸음

다리가 불편한 아들이 아버지와 함께 산을 오르고 있었습니다.

언제나 도전도 해 보기 전에 지레 포기해 버리곤 했던 아들과 그렇게 나약한 아들이 늘 안타까웠던 아버지가 처음 하는 산행이었습니다.

그것은 누가 보기에도 험난한 여정이었습니다. 가파른 길을 오를 때마다 아들은 넘어지고 깨지고 돌부리에 채여 피가 나기도 했지만 산을 오르며 만나게 된 사람들의 격려로, 또 아버지가 내민 손을 잡으며 마음을 굳게 먹었습니다.

"힘을 내라, 조금만 더 가면 정상이야."

"예, 아버지… 헉헉."

한걸음 한걸음이 뼈가 으스러지는 고통의 연속이었지만 아들은 차마 포기할 수 없었습니다.

다른 사람보다 몇 배나 더디고 힘든 길이었습니다. 몇 걸음 가다 물 마시고 몇 걸음 가다 땀 식히고… 그러는 사이 모두가 부자를 앞질러 갔습니다.

그렇게 몇 시간이 지나갔는지 모릅니다.

해가 저물어 갈 무렵에서야 부자는 정상이 코앞에 보이는 곳까지 오를 수 있었습니다. 이제 몇 걸음만 더 가면 정상입니다.

기쁨에 들뜬 아들이 젖먹던 힘까지 다 짜내 걸음을 떼려는 순간, 아버지가 그를 가로막았습니다.

"자, 자. 이제 그만 내려가자."

"네? 꼭대기가 바로 저긴데… 내려가자구요?"

아버지는 땀으로 범벅이 된 아들의 얼굴을 정성스레 닦아 주며 지금 내려가야 하는 이유를 말했습니다.

"우리는 산에 오르기 위해서 왔지 정상을 밟으려고 온 건 아니다. 네가 지금 정상에 서면 다시는 이렇게 힘든 산을 오르려고 하지 않을 게 아니냐?"

아버지의 말을 다 듣고 난 아들은 말없이 산을 내려왔습니다.

3

네가 손을 잡아 준다면

백 번째 손님

점심 한때 바글대던 국밥집에 손님이 뜸해진 오후 시간이었습니다.

주인이 한숨 돌리고 신문을 뒤적이고 있을 때 가게 문이 열리고 한 할머니와 땟국이 줄줄 흐르는 한 아이가 들어섰습니다.

"저… 쇠머리국밥 한 그릇에 얼마나 하나요?"

할머니는 엉거주춤 앉은 채로 허리춤에서 돈주머니를 꺼내 헤아린 뒤 국밥 한 그릇을 주문했습니다. 김이 모락모락 나는 국밥 한 그릇!

할머니는 뚝배기를 손자가 앉은 쪽으로 밀어 놓았습니다.

소년은 침을 꼴깍 삼키며 할머니를 바라보았습니다.

"할머니, 정말 점심 먹었어?"

"그러엄, 어서 먹어라."

할머니가 깍두기 한 점을 입에 넣고 오물오물 씹고 있는 동안 소년은 국밥 한 그릇을 마파람에 게눈 감추듯 먹어치웠습니다.

그 모습을 지켜보던 주인이 두 사람 앞으로 다가갔습니다.

"할머니, 오늘 참 운이 좋으십니다. 할머니가 우리 집의 백 번째 손님이세요. 저희 가게는 백 번째 손님에게는 돈을 받지 않거든요."

주인은 돈을 받지 않고 할머니에게 국밥 한 그릇을

말아주었습니다.

얼마 후, 할머니와 손자가 또 국밥집에 들렀습니다. 할머니는 이번에도 국밥을 한 그릇만 주문했고 두 사람을 알아본 주인은 또 한번 백 번째 손님의 행운을 안겨 주었습니다.

그로부터 한 달 남짓이 지난 어느 날이었습니다. 무심코 창밖을 보던 주인은 깜짝 놀랐습니다. 할머니와 함께 국밥을 먹으러 왔던 그때 그 소년이 국밥집 길 건너에 쪼그리고 앉아 뭔가 헤아리고 있었습니다.

국밥집에 손님이 들어갈 때마다 돌멩이 하나씩을 동그라미 안에 넣고 있었던 것입니다. 하지만 점심시간이 다 지나도록 돌멩이는 쉰 개를 넘지 못했습니다. 마음이 급해진 주인은 단골들에게 전화를 걸기 시작했습니다.

"자네, 바쁘지 않으면 국밥 한 그릇 먹으러 오라구. 오늘은 공짜야, 공짜."

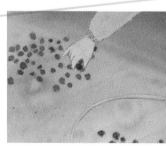

그렇게 동네방네 전화를 걸고 나자 국밥집에는 손님들이

몰려들기 시작했습니다.

"여든하나, 여든둘, 여든셋……."

소년의 셈이 빨라졌습니다. 그리고 마침내 아흔아홉 개의 돌멩이가 동그

라미속으로 들어 갔을 때 소년은 황급히 할머니 손을 이끌고 국밥집으로

들어섰습니다.

"할머니, 이번에는 내가 사 드리는 거야."

진짜로 백 번째 손님이 된 할머니는 따뜻한 쇠머리국밥 한 그릇을 대접

받고 소년은 할머니가 그랬던 것처럼 깍두기만 오물거렸습니다.

"저 아이도 한 그릇 줄까요?"

국밥집 주인 아주머니가 아저씨에게 속삭였습니다.

"쉿! 저 아인 지금 먹지 않고도 배부른 법을 배우는 중이잖소."

후룩후룩 국밥을 맛있게 먹던 할머니가 손자에게 말했습니다.

"좀 남겨 주랴?"

하지만 소년은 배를 앞으로 쑥 내밀고 말했습니다.

"아니, 난 배불러… 이거 봐 할머니."

그날 이후 신기한 일이 벌어졌습니다. 국밥집에 손님이 몰려들어 정말로

날마다 백 번째 손님, 이백 번째 손님이 생겨난 것입니다.

동전 100원

그녀는 흰 옷을 입은 간호사입니다.
하지만 이제 겨우 어설픈 티를 벗은
풋내기인데다, 돌봐야 될 이들은 하나

같이 성한 데라곤 없는 나환자들이었습니다.

그녀에겐 힘겨울 때마다 용기를 주는 물건 하나가 있습니다.

바로 100원짜리 동전입니다.

그녀는 처음부터 참 열심히 일했습니다. 근무시간 외에도 틈만 나면 이

환자 저 환자 밥을 떠먹이고 손톱이며 머리도 깎아 주고 아무도 시키지

않은 일을 찾아내 기꺼이 해냈습니다.

늘 잠이 모자라고 밤이 짧았지만 누가 보거나 보지 않거나 그녀는 추가

근무를 계속했습니다. 거동이 불편한 할머니에겐 밥을 떠먹여 드리고,

머리가 긴 할아버지는 머리도 깎아 드렸습니다.

"할아버지, 머리 이쁘게 깎으려면 움직이지 말고 가만 계세요."

노인들은 이 헌신적인 간호사에게 입버릇처럼 말하곤 했습니다.

"아유, 복뎅이여. 아들 있으면 며느리 삼을 틴디."

무리해서 몸살이 난 적도 있지만, 꼭 이런 일까지

해야 하나… 회의가 들 때도 없지 않지만, 작은 정

성 하나에도 고마워하는 할머니 할아버지들을 보면 그런

마음은 어느덧 봄날 눈 녹듯 녹고 맙니다.

그러던 어느 날 점심시간이었습니다.

한 할머니가 식당으로 찾아와 그녀를 불러냈습니다.

"왜요 할머니, 어디 불편하세요?"

필요한 게 있겠거니 하고 따라나간 그녀의 손에 할머니는 행여 놓칠세라

흘릴세라 꼭 쥐고 있던 때 끼고 땀에 절은 100원짜리 동전 한 닢을 가만

히 쥐어 주었습니다.

"맛있는 거 사먹어. 내 하도 고마워서 주는거야."

"할머니, 이건… 이런 거 안 주셔도……."

사양하는 그녀에게 화까지 내가며 한사코 쥐어 준 100원짜리 동전 하나.

그것은 그녀가 첫마음을 잃을 때마다 그녀를 잡아 주고 세워 준 희망의

마스코트이며 영양제였습니다.

우유 한 병

모두가 가난했던 시절, 변두리 허름한 자취방에 의대생이 살았습니다.

학비는커녕 끼니조차 해결하기 힘겨웠던 청년은 고민 끝에 아끼는 책 몇 권을 싸들고 헌책방을 찾아갔습니다. 고학생의 주머니 사정을 잘 알고 늘 헌책을 돈으로 바꿔 주던 책방 주인은 그날따라 병이 나 문을 닫고 없었습니다.

그냥 돌아설 기력조차 남아 있지 않았던 그는 너무나 허기지고 피곤해 물이라도 얻어 마시려고 옆집으로 들어갔습니다.

그리고 혼자서 집을 보던 어린 소녀에게 사정을 말한 뒤 뭐든 먹을 것을 좀 달라고 부탁했습니다.

하지만 소녀는 무척 미안해하며 먹을 것이 없다고 대답했습니다.

"그럼… 물이라도 좀 주겠니?"

소녀는 아무런 의심없이 부엌으로 가서는 아마도 제 점심이지 싶은 우유 한 병을 들고 왔습니다.

이대생우 소녀에게 부끄럽고 미안했지만 너무 허기져 있던 터라 우유를 벌컥벌컥 들이켰습니다.

그 후 몇 년의 세월이 흘렀습니다.

소녀의 어머니가 병에 걸려 입원을 하게 됐습니다. 소녀는 중병에 걸려

몇 번이나 의식을 잃고 수술까지 한 어머니 곁을 한시도 떠나지 않고 지켰습니다.

그 극진한 사랑이 약이 된 것인지 어머니는 기적처럼 깨어났습니다.

퇴원을 하는 날, 소녀는 어머니가 건강을 찾게 되어 말할 수 없이 기뻤지만 엄청난 병원비가 걱정이었습니다. 그런데 퇴원수속을 위해 계산서를 받아들었을 때 소녀는 깜짝 놀랐습니다.

'입원비와 치료비… 모두 합쳐서 우유 한 병. 이미 지불되었음!'

지난 날 힘없이 소녀의 집에 들어와 마실 것을 청하던 그 고학생이 어엿

한 의사가 되어 있었던 것입니다.

우유 한병.

그 시절 배고픈 고학생에게 그것은 그냥 우유가 아니었습니다.

밥이며 희망이었습니다.

꽃을 심는 집배원

작은 지방도시에 중년의 집배원이 있었습니다.

 그는 갓 스물 청년시절부터 왕복 오십 리 길을 매일같이 오가며 짜고 쓰고 달고 매운 사연들을 배달해 왔습니다.

그렇게 20년 세월이 흐르고 참 많은 것이 변했지만 우체국에서 마을로 이어진 길에는 예나 지금이나 나무 한 그루, 풀 한 포기 없이 모래 먼지만 뿌옇게 일고 있었습니다.

'대체 언제까지 이 황폐한 길을 다녀야 하는 걸까?'

이런 먼지길에서 쳇바퀴를 도는 사이 인생이 그대로 끝나 버릴지도 모른다는 생각에 그는 늘 가슴이 답답했습니다.

그러던 어느 날 그가 우편배달을 마치고 시름에 잠겨 돌아가던 길에 꽃가게 앞을 지나게 됐습니다.

"그래, 이거야."

그는 무릎을 탁 친 뒤 가게에 들어가 들꽃씨를 한줌 샀습니다.

그리고 다음날부터 그 꽃씨를 가지고 다니며 오가는 길에 뿌렸습니다.

하루 이틀 한 달 두 달… 꽃씨를 뿌리는 일은 계속됐습니다.

얼마 후, 그가 이십 년을 하루같이 다니던 삭막한 길에 노랑 빨강 꽃들이

다투어 피어났습니다.

여름에는 여름꽃이 가을에는 가을꽃이… 쉬지 않고 피었습니다.

꽃씨와 꽃향기는 마을 사람들에게 그가 평생 배달한 그 어떤 우편물보다

도 기쁜 선물이었고 모래먼지 대신 꽃잎이 날리는 길에서 휘파람을 불며

페달을 밟는 그는 이제 더 이상 외로운 집배원도, 불행한 집배원도 아니

었습니다.

집배원의 점심시간

여름 한낮, 집배원 강씨가 땀을 뻘뻘 흘리며 우편물을 배달하고 있었습니다. 그가 맡은 구역은 사람 많고 정 많은 달동네였습니다. 어느 날 허름한 집 앞에 종이 하나가 떨어져 있는 걸 발견한 그는 무의식적으로 오토바이를 세운 뒤 그 종이를 자세히 들여다보았습니다. 수도계량기 검침용지였습니다.

그는 그 집 대문 틈에 용지를 끼우려다 말고 뭔가 이상한 느낌이 들어 다시 한번 들여다보기로 했습니다.

지난 달 수도 사용량에 비해 무려 다섯배나 많은 숫자가 적혀 있었던 것입니다. 마음씨 좋고 부지런하기로 소문난 그는 그냥 지나칠 수 없어 그 집 초인종을 눌렀습니다.

"누구슈?"

"아, 할머니 수도검침 용지를 보니까 수도관이 새는 것 같아서요. 한번 확인해 보시라고……."

"아! 그럴 일이 있다우. 지난 달부터 식구가 늘었거든."

자식들을 다 출가시킨 뒤 외롭게 살던 할머니가 거동이 불편하고 의지할

데 없는 노인들 몇 분을 보살피며 살기로 했다는 것이었습니다. 때문에

대소변을 받아내고 빨래를 해대느라 수도요금이 많이 나왔던 것이지요.

다음날 정오 무렵, 그 허름한 집 대문 앞에 우편배달 오토바이 한 대가

멈춰섰습니다. 강씨였습니다. 그는 이런저런 말을 늘어 놓을 새도 없이

팔을 걷어부치고 산더미처럼 쌓인 빨래를 거들었습니다.

"아, 좀 쉬었다 하구려. 젊은 사람이 기특도 하지."

"예, 할머니. 내일 점심시간에 또 올게요."

그로부터 한 달이 지난 어느 날, 여느 때처럼 점심시간을 이용하여 그 낡

은 집에 도착한 강씨는 깜짝 놀랐습니다.

대문 앞에 집배원 오토바이가 석 대나 서 있었기 때문입니다.

그가 안으로 들어가자 낯익은 동료들이 그를 반겼습니다.

"어이 강씨, 어서오게. 자네가 점심시간마다 실종된다고 소문이 나서 뒤

를 밟았었지. 이런 일을 몰래 하다니… 퇴근길엔 여직원들도 올걸세."

집배원 강씨의 작은 사랑이 어느새 동료들까지 전염시킨 것입니다.

우체통의 새

 강원도 산골 외딴 마을 어귀에 빨간 우체통 하나가 서 있었습니다.

우체통은 집배원 아저씨가 일일이 찾아가기 어려운 산 속에 사는 사람들이 우편물을 주고받기 위한 창구요 통로였습니다.

"자, 편지 하나구, 엽서 하나."

이장님은 우체통을 열어서, 마을 사람들에게 소중한 사연들을 전해 주었습니다.

그런데 며칠 전부터 그 빨간 우체통에서 이상한 일이 일어났습니다.

이장님이 우체통을 열 때마다 나뭇가지며 마른 잎들이 들어 있는 것이었습니다.

"요놈들, 이거 또 장난을 쳤구만, 쯧쯧쯧."

이장님은 당연히 동네 장난꾸러기들 짓이려니 생각하고 지푸라기를 치우고 또 치웠습니다.

그러던 어느 날, 우체통을 열던 이장님은 눈이 휘둥그레졌습니다.

범인은 개구쟁이들이 아니었습니다. 작은 곤줄박이 새 부부가 우체통을

보금자리 삼아 예쁜 알을 낳아서 품고 있었던 것입니다.

"가만 있자, 이걸 어쩐다? … 응, 그래!"

이장님은 우체통 위에 메모지를 반듯하게 붙였습니다.

'이 우체통에는 새가 둥지를 틀었으니 우편물을 우체통 옆에 꽂아 주시

기 바랍니다.'

빨간 우체통을 당분간 곤줄박이 부부에게 빌려주기로 한 것입니다.

그것은 혹 사정을 모르는 집배원이 우편물을 넣지 않도록 하기 위한 세

심한 배려였습니다. 아이들이 신기하다며 함부로 열어 보는 걸 막으려고

튼튼한 자물쇠도 채웠습니다. 얼마 후 그 빨간 우체통에선 어린 새들 지

저귀는 소리가 쉴새없이 흘러나왔습니다.

어머니의 약속

인천의 한 놀이공원에서 공룡 전시회가 열리고 있었습니다.

표 파는 곳 앞에서 한 아이가 공룡 포스터를 바라보며 서성대고 있었습니다. 입장료는 6천원. 그러나 소년에겐 그만한 돈이 없었습니다.

소년의 어머니는 생선을 파는 행상이었습니다. 오래 전 남편과 사별하고 홀로 자식을 키우는 고단한 살림. 하나뿐인 아들이 공룡전시장에 가게 해 달라고 며칠을 졸랐지만 선뜻 들어 줄 형편이 못 되었습니다.

아이는 책상 앞에 큰 공룡그림을 붙여 놓았습니다. 그리고 틈만 나면 친구들은 벌써 다 봤다며 훌쩍였습니다. 그렇게 잔뜩 풀이 죽어 있는 아들을 볼 때마다 어머니는 가슴이 아렸습니다.

그러던 어느 날 더는 못 기다리겠다는 듯 소년이 단식투쟁을 시작한 저녁이었습니다.

"자, 저녁 먹고 자야지 얼른……."

"누가 밥 달래? 공룡 보여달란 말야."

아이는 어머니의 심정도 모른 채 보채기만 했습니다.

망설이던 어머니는 말없이 아이 손을 잡고 공룡전시장으로 갔습니다. 그러나 전시장 문은 이미 닫히고

공룡들은 어둠속에 숨어 버린 뒤였습니다.

실망한 소년과 어머니가 차마 발길을 돌리지 못한 채 철망 앞에 쪼그리

고 있을 때였습니다. 두 사람을 발견한 전시장 경비원이 조용히 사방을

둘러본 뒤 손전등으로 신호를 보내며 잠긴 문을 열어 주었습니다. 문이

열리자 두 사람은 놀란 눈으로 경비원을 바라보았습니다. 아이가 한가닥

희망이 담긴 목소리로 입을 열었습니다.

"아저씨……"

고개를 든 어머니가 조용히 말했습니다.

"애가 공룡을 보고 싶어해서요."

경비원은 더 이상 아무것도 묻지 않고 전시장 쪽으로 손전등을 비춰 주

었습니다. 그 불빛 속에서 공룡들이 거대한 모습을 드러내기 시작했습니

다. 소년은 이것저것 둘러보았습니다.

공룡의 몸체가 드러날 때마다 소년은 손을 번쩍 들어 탄성을 질렀습니다.

"우와! 티라노다… 우와… 아저씨 이거 티라노 맞죠? 그죠?"

그렇게 전시장 한 바퀴를 다 돌고난 뒤 어머니는 주머니를 털어 돈을 건

냈습니다. 꼬깃꼬깃 구겨진 천원짜리 석 장!

어머니는 부끄러움을 어둠으로 가린 채 돈을 내밀었습니다. 그러나 경비

원은 가볍게 고개를 저으며 말했습니다.

"채 반도 못 보셨는데……. 언제 낮에 다시 보러 오세요."

"고맙습니다. 그럼……."

어머니는 허리를 있는 대로 구부리고 인사하며 마음속으로 다짐했습니

다. 혹 어두워서 덜 본 곳이 있다 해도 그것은 환한 대낮에 본 것보다 훨

씬 값진, 잊을 수 없는 은혜라고. 낮에 다시 오는 건 그 은혜를 저버리는

일이라고 말입니다.

사진 한 장

전쟁 중 한 부대에서 있었던 일입니다.

태양이 불처럼 이글대는 한낮, 병사들이

짧은 휴식을 취하고 있을 때였습니다.

비상벨이 울리고 긴급 출동명령이 떨어졌습니다.

전투기가 날고 모래바람이 부는 그 와중에 한 군인의 전투복 상의가 해

풍에 휩쓸려 바닷물 속으로 떨어지고 말았습니다.

군인이 바다에 뛰어들려 하자 상관이 그의 팔을 붙잡았습니다.

"이봐! 무슨 짓인가? 지금은 전투중이야."

그러나 그는 상관의 명령을 어기고 바다에 뛰어들었습니다.

포탄이 날고 총알이 빗발치는 위기일발의 상황이었습니다. 군복은 파도

에 휩쓸려 자꾸만 떠내려갔습니다. 하지만 군인은 포기하지 않고 기어이

그 옷을 건져냈습니다.

목숨이 왔다갔다 하는 전시에 군복 한 벌이 왜 그리 중요했던 것일까?

결국 그는 명령불복종 죄로 군사법정에 서게 됐습니다.

서슬이 시퍼런 법관들이 죄를 물었지만 그는 조금도 뉘우치는 기색 없이

군복 윗주머니를 조심스럽게 만지며 말했습니다.

"저는 이 옷을 포기할 수가 없었습니다. 제 목숨보다 더 소중한 어머니

의 한 장뿐인 사진이 이 안에 들어 있었기 때문입니다."

순간 수런대던 법정은 숨소리조차 들리지 않을 만큼 고요해졌고 법관은

예상을 깨고 그 병사에게 무죄를 선고했습니다.

어머니의 사진 한 장을 위해 목숨을 바칠 수 있는 아들이라면 조국을 위

해서도 기꺼이 목숨을 바칠 수 있는 군인이라는 게 이유였습니다.

엄마 신발

오늘은 학교에서 엄마 신발을 신고 달리기를 하는 날입니다.

흰 바탕에 빨간 줄무늬를 두른 엄마의 운동화.

선영이는 운동화 끈을 있는 대로 동여맸지만 너무

커서 발이 쑥 빠질 것만 같았습니다.

"아유, 너무 크다. 제대로 걷지도 못하겠는데……."

하지만 선영이는 마냥 들떴습니다.

"나 일등 할건데. 나 좀 봐, 엄마. 잘 걷지?"

기다리던 체육시간. 아이들은 모두 가져온 엄마 신발을 신고 운동장에

모여 재잘거렸습니다.

조깅화, 가죽구두, 꽃무늬 운동화… 모양도 크기도 가지가지인 신발들.

그런데 그 중에 유난히 크고 지저분한 신발 하나가 있었습니다.

신발의 주인은 진희. 공부도 글짓기도 언제나 1등만 해서 늘 선영이를

주눅들게 만드는 친구였습니다.

"아유, 더러워. 쟤네 엄마는 신발도 안 닦나?"

"저것도 신발이니?"

하지만 아이들의 수군대는 소리는 곧 잠잠

해졌습니다. 시작을 알리는 선생님의 목소

리가 들렸기 때문입니다.

"자, 지금부터 여덟 명씩 달린다. 준비!"

마침내 선영이가 뛸 차례가 되었습니다. 진희도 횟가루가 범벅된 신발을 신고 출발선에 섰습니다.

선영이는 달리기만이라도 진희에게 지고 싶지 않아 기를 쓰고 앞서나갔습니다. 그런데 큰 신발을 신고 뒤에서 철퍼덕거리며 달려오던 진희가 갑자기 선영이를 앞질렀습니다. 다급해진 선영이는 자기도 모르게 진희 쪽으로 발을 뻗어 신발 뒤꿈치를 밟았습니다.

순간 진희는 앞으로 넘어졌고 모르는 체 달려나간 선영이는 결국 손바닥에 1등 도장을 받아냈습니다.

그게 얼마나 부끄러운 일인지를 깨달은 것은 진희가 깨진 무릎으로 절룩대며 결승선을 통과한 뒤였습니다.

꼴찌로 들어온 진희를 보며 짓궂은 아이들이 놀려댔습니다.

"진희 엄마, 신발 무지 크다."

그때, 한 친구의 목소리가 들렸습니다.

"진희는 오늘 아빠 신발을 신고 왔어, 진희는 엄마 안 계시잖아."

진희를 놀려대던 아이들의 목소리가 잠잠해졌습니다. 그리고 모두 1등

을 한 선영이를 바라보았습니다.

선영이는 아이들의 따가운 눈총을 받으며 진희에게 다가갔습니다.

"미안해 진희야. 내가 잘못했어."

"아냐, 울아빠 신발이 너무 커서 넘어진 건데 뭐."

선영이는 얼굴이 화끈 달아올라 아무말도 할 수가 없었습니다.

성실이라는 무기

한 군사훈련소에서 있었던 일입니다.

그곳은 교관들이 엄하고 혹독하기로 소문

난 훈련소였습니다.

"핫둘 핫둘… 핫둘 핫둘!"

훈련은 이른 아침부터 늦은 밤까지 한치의 오차도 없이 짜여진 일과표에

따라 진행됐습니다. 그런데 유독 장거리 구보만 하면 영락없이 대열에서

떨어져 외롭게 달리는 꼴찌 병사가 있었습니다.

그날도 그랬습니다.

"헉헉… 헉헉……."

모두가 일사불란하게 움직이는데 그 병사만이 혼자 뒤쳐진 채 비틀거렸

습니다.

"후… 헉헉……."

그렇다고 주저앉아 낙오자가 될 수는 없는

일. 그는 이를 악물고 달렸습니다.

"하… 할 수 있다. 헉헉……."

그렇게 얼마쯤 갔을까. 눈앞에 갈림길이 나타났습니다.

어느 하나를 선택할 수밖에 없는 양갈래길이었습니다. 각각의 길 앞에는 이정표가 서 있었습니다.

오른쪽 길은 사병이 달리는 길, 왼쪽 길은 장교가 달리는 길이었습니다.

그는 잠시 멈춰 서서 양갈래 길을 번갈아 바라보았습니다.

'아무래도 장교가 달리는 길이 더 짧거나 편하겠지.'

보는 사람도 없는데 편한 길로 달릴까 한참을 망설이던 그는 결국 사병이 달리는 길로 들어섰습니다. 군인으로서의 양심을 저버릴 수 없기에 내린 결정이었습니다.

그런데 그는 뜻밖에도 30분이 채 안돼 결승점에 도착했고 놀랍게도 9등을 기록했습니다.

9등은커녕 50등 안에 들어본 적이 없는 그는 분명 뭔가 잘못됐구나 생각했습니다. 바로 그때 훈련 교관이 물병을 건네며 말했습니다.

"잘 했어. 마시라구."

어찌된 영문인지 몰라 어리둥절하고 있을 때 하나 둘 탈진한 군인들이 결승점에 들어섰습니다.

모두가 장교가 달리는 길을 선택한 군인들이었습니다.

"이제 알았나? 갈림길에서 자신을 속이지 않았던 성실함이 바로 자네의
무기였네."

아무도 보지 않는 곳에서 양심을 지킨 그는 이제 더 이상 나약한 꼴찌가
아니었습니다.

행복한 의사

작은 섬마을에 의사 선생님이 있었습니다.

마을의 모든 아이들이 그의 손을 거쳐 세상

에 나왔을 정도로 그는 오랜 세월 동안 이

섬에 머물며 주민들의 건강을 돌봐 왔습니다.

허름한 상가 귀퉁이에 위치한 그의 진료소에는 1년 365일 하루도 빠짐

없이 새벽까지 불이 환하게 밝혀져 있었습니다.

그 불빛엔 '잠들지 않았으니 누가 아프면 언제든 문을 두드리시오' 라는

의미가 담겨 있었습니다.

그에겐 쉬는 날이 없었습니다.

아무리 거센 폭풍이 몰아쳐도 이웃섬들까지 왕진을 가곤 했습니다.

"아이구, 이거 이 밤중에 미안스러워서리……."

"그러게, 이 늙은 의사 귀찮게 안 하려면 제발 얼른 털고 일어나세요."

"아, 누가 아니래요."

환자들은 그를 보는 것만으로도 병이 절반은 낫는다고 말하기도 했습니다.

"선생님……."

마을 사람들에게 그는 의사 이상의 의미였습니다.

그런데 그는 섬에 올 때부터 혼자였습니다. 아내도 자식도 없는 독신.

결혼을 했지만 아내가 병으로 세상을 뜨면서 도시를 등진 것입니다.

그로부터 수십 년 후 머리엔 하얗게 서리가 내리고 가족도 없이 남을 위

해서 일생을 살아온 그가 일흔 번째 생일을 맞던 날, 마을 사람들이 깜짝

파티를 마련했습니다.

"선생님, 빨리요! 빨리."

급한 환자가 생긴 걸로 알고 부랴부랴 왕진 가방을 챙겨 따라 갔는데 마

을회관에서 그를 기다린 건 환자가 아니었습니다.

온 마을 사람들이 모두 모인 생일 파티…….

눈시울을 붉히며 행복해 하는 그에게 누군가 말했습니다.

"아, 이런 날 아들 딸이라도 있었으면 좀 좋아."

그 말이 끝나기 무섭게 한 청년이 일어나 소리치듯 말했습니다.

"제가 박사님 아들입니다."

그러자 또 한 명이 일어났습니다.

"제가 박사님 딸이에요."

"저두요!"

"저두요. 할아버지, 헤헤."

마침내 회관에 모인 모든 이가 늙은 의사의 아들 딸을 자처하며 일어섰

습니다.

"아니, 이 사람들이……."

그는 세상 그 누구보다 행복한 의사였습니다.

봉숭아 화분

햇살이 솜털처럼 부드러워진 봄날이었습니다.

 화원에 한 소녀가 찾아왔습니다. 길가에 내놓은 화분들 앞에서 한참을 쪼그리고 앉아 있던 소녀는 화분 하나를 가리키며 물었습니다.

"아저씨, 이 꽃은 얼마예요?"

"팬지 말이냐?"

"아뇨, 그 뒤에 있는 작은 거요."

소녀가 가리킨 것은 작고 밉고 굽은 줄기에 꽃도 피우지 못한 봉숭아 화분이었습니다.

"이건 파는 게 아니란다. 어차피 죽으면 버리려던 거니까 가져 가겠니?"

"정말요? 와아……."

소녀는 몇 번이나 고맙다고 인사를 한 뒤 그 못난이 화분을 받아들고 좋아라 하며 돌아갔습니다.

그로부터 3년이 지난 어느 날 화원으로 작은 소포 하나가 배달됐습니다.

"소포가 왔네요. 여기 놓고 갑니다."

집배원이 전해주고 간 것은 작은 상자와 편지가 담긴 소포였습니다.

'기억하실지 모르겠지만 언젠가 제게

봉숭아 화분을 주셨죠? 그날은 엄마가 아파서 입원을 하신 날이었어요.'

또박또박 눌러쓴 편지의 내용은 그랬습니다.

아픈 엄마를 위해 선물을 사고 싶었지만 돈이 없었던 소녀는 그 봉숭아 화분을 엄마의 병실, 햇살 가득한 창가에 놓아두고 날마다 정성스레 물을 줬습니다.

그러자 볼품없던 화분에서 마침내 꽃이 피었고 꽃을 바라보는 엄마의 볼에도 차츰 봉숭아 꽃물 같은 생기가 돌았습니다.

소녀는 그 씨앗을 받아 병원 앞뜰에 뿌리고 또 뿌렸습니다.

꽃이 만발하던 여름 어느 날, 엄마가 마침내 자리에서 일어나 퇴원을 하게 됐다는 것입니다.

소녀는 엄마의 완치가 봉숭아 화분 덕이라고 믿었던 것입니다.

소녀가 보낸 상자 안에는 까맣고 통통한 봉숭아 씨앗이 가득 담겨 있었습니다.

온 세상을 봉숭아 꽃빛으로 물들이고도 남을 만큼 말입니다.

빵집 아이

한 작고 예쁜 빵가게가 있었습니다.

10년 동안 허리띠를 졸라매며 모은 돈으로 겨우 가게를 장만한 주인은 진열장의 빵만 보고 있어도 배가 불렀고, 손님이 많은 날은 행복한 미소가 입가를 떠날 줄 몰랐습니다.

그런데 어느 날부터인가 가게 진열장에서 빵이 한 봉지 두 봉지 사라지기 시작했습니다.

"이상하다. 분명히 많이 남았었는데……."

이상한 일이었지만 주인은 잘못 헤아렸거나 이미 팔고도 기억을 못하는 것이겠거니 하고 생각했습니다.

그러나 의문의 빵 실종 사건은 매일 되풀이됐습니다.

대체 누구 짓인지 범인을 잡기로 한 주인은 촉각을 곤두세우고 빵가게에 드나드는 사람을 일일이 지켜봤습니다. 그런데!

주인의 그 감시망에 걸려든 사람은, 다름 아닌 자신의 열 살배기 딸아이였습니다. 학원 가는 길에 가게에 들른 아이가 엄마가 잠시 한눈을 파는 사이에, 슬그머니 빵을 집어넣는 것이었습니다.

"아니 세상에……."

다음날도 그리고 그 다음날도 아이의 빵 훔치기는 계속됐습니다.

먹고 싶다면 얼마든지 먹을 수 있는 빵을 굳이 몰래 가져가는 이유가 대

체 무엇인지, 너무나 궁금한 주인은 그날도 빵 두 봉지를 가방에 슬쩍 집

어넣고 나가는 딸아이의 뒤를 밟아 보기로 했습니다. 한동안 뒤를 따라

가던 주인은 깜짝 놀라고 말았습니다.

"아니, 쟤가?"

딸아이가 멈춰선 곳은 미술학원 앞 지하도 입구였습니다.

딸아이는 그곳에서 구걸을 하고 있는 소년 앞에 빵봉지를 내밀었습니다.

"고마워. 내 동생은 이 빵이 세상에서 제일 맛있대."

딸아이는 불쌍한 소년을 위해 날마다 빵을 건네 주었던 것입니다.

'휴, 그럼 그렇지.'

딸의 모습을 몰래 지켜본 주인은 안도의 숨을 내쉬었습니다. 그리고 다

음날부터 아예 딸아이가 가져갈 두 봉지의 빵을 따로 만들었습니다. 언

제든 가져갈 수 있게 말입니다.

사랑의 반창고

엄마가 부엌에서 무언가를 만들고 있었습니다.

"엄마, 이거 뭐야?"

"으응… 옆집에 사는 아주머니 드리려고 죽을 쑤

는거야. 그분은 딸을 잃어서 가슴에 상처를 입었거든."

엄마는 사람이 아주 슬픈 일을 겪을 때는 음식을 만들거나 청소를 하는

것이 어렵다고 말씀하셨습니다.

이사온 지 얼마 안된 옆집엔 여섯 살짜리 딸과 어머니가 단둘이 살고 있

었습니다. 그런데 그 딸이 나쁜 병을 앓다가 그만 하늘나라로 떠난 것입

니다. 아주머니는 슬픔이 병이 돼서 몸져 누웠지만 아무도 돌봐주는 사

람이 없었습니다.

"저… 옆집 사는 사람인데요… 이것 좀 드시라고……."

"아이고, 이렇게 고마울 때가……."

아주머니는 엄마가 가져간 죽을 몇 술 뜨다 말고 목이 메어 우셨습니다.

"흑흑……."

다음날 학교에서 돌아오던 나는 약국에 들러 반창고 한 통을 산 뒤 옆집 문을 두드렸습니다.

"수지구나. 네가 무슨 일로……."

"아줌마! 가슴에 난 상처에 이걸 붙이면 금방 나을 거예요."

아주머니는 무릎을 꿇고 앉아 나를 와락 껴안았습니다.

"고맙다. 수지야… 고마워."

그 다음날 자리를 털고 일어난 아주머니는 작은 유리상자가 달린 열쇠고리 하나를 사 왔습니다. 그리고 그 안에 내가 준 일회용 밴드를 넣었습니다.

사랑이라는 이름의 반창고! 그것은 가슴의 상처를 치료하는 묘약이었습니다.

잊을 수 없는 꿈

어느 여름날 햇볕이 뜨겁게 내리쬐는 오후였습니다.

20대 초반의 한 청년이 시내 정류장에서 버스에 올랐습니다.

청년은 문쪽 맨 앞자리 창가에 앉아 스쳐가는 풍경을 물끄러미 바라봤습니다. 일상에 지친 사람들, 나른한 거리…….

버스가 그 한가운데를 헤엄쳐 가고 있을 때 한 정류장에서 칠순은 돼 보이는 노인이 천천히 차에 올라탔습니다. 노인은 청년 옆에 자리를 잡고 앉았습니다.

버스가 많은 손님을 태우고 도시 외곽으로 빠져나갈 무렵, 꾸벅꾸벅 졸고 있던 노인은 청년의 어깨에 기대 스르르 잠이 들었습니다.

다음 정류장에서 내리려던 청년은 노인의 표정을 바라보게 되었습니다.

깊게 패인 주름, 빛 바랜 머리결…….

세월의 무게가 고스란히 조각된 노인의 얼굴을 바라보던 청년은 차마 어깨를 빼지 못하고 숨을 죽였습니다. 꿈이라도 꾸는 듯 평온한 노인의 잠을 방해하고 싶지 않았기 때문입니다.

노인이 깨어나기를 기다리는 사이에 버스는 종점까지 와 있었습니다.

"손님, 내리세요. 종점입니다."

청년이 제발 조용히 해달라는 듯 검지손가락을 입술에 대고 속삭였지만,

노인은 잠에서 깨어났습니다.

"으흠, 이런… 내가 깜박 졸았구먼. 그런데 여기는 어딘가?"

"종점입니다, 어르신. 너무 평안하게 주무시고 계셔서 깨워드릴 수가
없었습니다."

"이거 미안해서 어쩌지……."

두 사람은 버스를 갈아타고 왔던 길을 되돌아 가는 동안 이야기를 주고
받았습니다.

"젊은이, 내가 그 사이에 어디까지 다녀왔는지 아나?"

"네?"

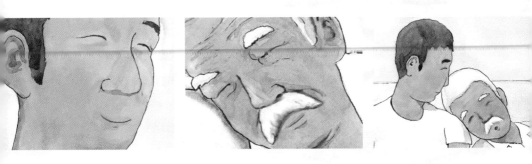

"고향에 다녀왔다네. 50년 전에 헤어진 어머니를 뵙고 왔지. 어머니를 말일세."

노인은 그 소중한 꿈을 깨지 않은 속깊은 청년에게 깊이 깊이 감사했습니다.

4

엄마는 그래도 되는 줄 알았습니다

세상에서 가장 아름다운 모습

시장통 작은 분식점에서 찐빵과 만두를 만들어 파는 어머니가 있었습니다.

어느 일요일 오후, 아침부터 꾸물꾸물하던 하늘에서 후두둑 비가 떨어지기 시작했습니다. 소나기였습니다.

그런데 한 시간이 지나도 두 시간이 지나도 그치기는커녕 빗발이 점점 더 굵어지자 어머니는 서둘러 가게를 정리한 뒤 큰길로 나와 우산 두 개를 샀습니다.

그 길로 딸이 다니는 미술학원 앞으로 달려간 어머니는 학원 문을 열려다 말고 깜짝 놀라며 자신의 옷차림을 살폈습니다. 작업복에 낡은 슬리퍼, 앞치마엔 밀가루 반죽이 덕지덕지 묻어 있었습니다.

안그래도 감수성 예민한 여고생 딸이 상처를 입을까 걱정된 어머니는 건물 아래층에서 학원이 파하기를 기다리기로 했습니다.

한참을 서성대던 어머니가 문득 3층 학원 창가를 올려다봤을 때, 마침 아래쪽의 어머니를 내려다보고 있던 딸과 눈이 마주쳤습니다.

어머니는 반갑게 손짓을 했지만 딸은 못본 척 얼른 몸을 숨겼다가 다시

삐죽 고개를 내밀고, 숨겼다가 얼굴을 내밀곤 할 뿐 초라한 엄마가 기다리는 걸 원하지 않는 것 같았습니다.

슬픔에 잠긴 어머니는 고개를 숙인

채 그냥 돌아섰습니다.

그로부터 한 달 뒤 어머니는 딸의 미술학원에서 학생들의 작품을 전시한

다는 초대장을 받았습니다. 딸이 부끄러워할 것만 같아 한나절을 망설이

던 어머니는 다저녁에야 이웃집에 잠시 가게를 맡긴 뒤 부랴부랴 딸의

미술학원으로 갔습니다.

"끝나 버렸으면 어쩌지……."

다행히 전시장 문은 열려 있었습니다.

벽에 가득 걸린 그림들을 하나하나 훑어보던 어머니는 한 그림 앞에서

그만 가슴이 덜컹 내려앉았습니다.

'세상에서 가장 아름다운 모습'

비, 우산, 밀가루 반죽이 허옇게 묻은 앞치마, 그리고 낡은 신발.

그림 속엔 어머니가 학원 앞에서 딸을 기다리던 날의 초라한 모습이 고

스란히 들어 있었습니다.

그날 딸은 창문 뒤에 숨어서 우산을 들고 서 있는 어머니의 모습을 화폭

에 담고 가슴에 담았던 것입니다.

어느새 어머니 곁으로 다가온 딸이 곁에서 환하게 웃고 있었습니다.

모녀는 그 그림을 오래 오래 바라보았습니다.

세상에서 가장 행복한 모습으로.

잠기지 않는 문

시골 작은 마을 외딴집에 어머니와 딸이 살고 있었습니다.

어머니는 밤손님이라도 들어 올까 봐 해만 지면 문고리를 이중 삼중 잠그는 게 일이었습니다.

딸은 촌구석에 풍경화처럼 묻혀 살고 있는 자신이 너무 싫었습니다.

도시가 그립고 라디오를 들으며 상상해 온 화려한 세상에 나가 살고 싶었습니다.

어느 날 새벽, 딸은 가슴 속의 그 허황된 꿈들을 좇아 어머니 곁을 떠났습니다. 어머니가 잠든 사이 몰래 집을 나온 것입니다.

'엄마, 못난 딸 없는 셈 치세요.'

딸은 쪽지 하나 달랑 남기고 고향을 떠나 도시로 갔습니다.

그러나 세상은 그녀가 꿈꾸던 것처럼 아름답기만 한 곳은 아니었습니다.

자기도 모르는 사이에 타락의 길로 들어서게 된 딸은 더 이상 갈 데 없는 깊은 수렁에 빠진 뒤에야 잘못을 깨달았습니다.

시간이 갈수록 딸은 좁은 방에 웅크린 채 엄마의 사진을 보며 눈물을 흘리는 날이 잦아졌습니다.

"엄마……."

 그렇게 10년이 흘러 어느새 어른이 된 딸은 병든 마음

과 누추한 몸을 이끌고 고향으로 돌아갔습니다.

집에 도착한 것은 늦은 밤… 창 틈에선 희미한 불빛이 새어 나왔습니다.

한참을 망설이다가 문을 두드렸지만 방안에서는 아무런 기척도 나지 않

았습니다.

순간 불길한 생각이 들어 문고리를 잡아당긴 딸은 깜짝 놀랐습니다.

"이상하다. 단 한 번도 밤에 문 잠그는 걸 잊은 적이 없었는데……."

어머니는 깡마른 몸을 차가운 바닥에 눕히고 가련한 모습으로 잠들어 있

었습니다.

딸은 엄마의 머리맡에 무릎을 꿇은 채 흐느꼈습니다.

"엄마, 흑흑……."

딸의 흐느낌에 잠을 깬 어머니는 아무 말없이 딸의 그 지친 어깨를 감싸

안았습니다.

어머니의 품에 안겨 한참을 울고 난 딸은 문득 궁금해졌습니다.

"엄마, 그런데 오늘은 왜 문을 안 잠갔어? 누가 오면 어쩌려고."

어머니가 말했습니다.

"오늘뿐이 아니란다. 혹시 네가 밤중에 왔다가 그냥 갈까 봐 10년 동안

한 번도 문을 잠그지 못했어."

천천히 방안을 둘러보던 딸은 다시 한번 깜짝 놀랐습니다.

어머니가 하루같이 딸을 기다리던 방안엔 라디오도 책들도 모두 10년

전 그대로였습니다.

모녀는 그날 밤 10년 전으로 돌아가 방문을 꽁꽁 걸어잠근 채 편안하게

잠이 들었습니다.

어머니의 눈물

 대학합격 통지서가 날아오던 날, 어머니는 처음으로 자식들 앞에서 눈물을 흘리셨습니다.

수박농사를 망쳐 농협에 진 빚이 산더미처럼 늘어도, 무 배추값이 폭락해 모두들 낙담할 때도 담담했던 어머니였습니다.

나는 어머니의 ▁ ▁ ▁ 이 무엇을 의미하는지 너무도 잘 알았기에 꿈에도 그리던 대학 진학을 포기한 채 작은 사무실에 취직했습니다.

없는 살림에 생활비 대느라 몇 년, 동생들 학비 대느라 또 몇 년… 그렇게 7년이란 세월이 흘러서야 겨우 숨 돌릴 틈을 얻어 결혼을 하게 되었습니다.

하지만 행주냄새 폴폴 나는 아줌마가 된 뒤에도 배움에의 열망은 불쑥불쑥 솟구쳤고 더 이상은 억누를 길이 없어 나는 방송통신대학의 문을 두드렸습니다. 남들보다 몇 걸음이나 느리고 더뎠지만 정말 열심히 공부하던 어느 날, 그 소식을 들은 어머니가 바쁜 농사일을 젖혀두고 한달음에 달려오셨습니다.

"에미야 잘했다. 내가 너 대학 못 가르친 게 두고두고 한이 되었는데……."

어머니는 이제 죽어도 여한이 없다며 고쟁이속 쌈지에서 얼마간의 돈을 꺼내 내 손에 쥐어 주셨습니다.

"얼마 안되지만 등록금에 보태 써라."

나는 그 돈이 어머니가 환갑 때 받은 가락지를 판 돈이라는 걸 알고는 극구 사양했지만 어머니는 막무가내셨고, 어머니는 내가 그 돈을 받은 뒤에야 생전 처음으로 시집간 딸네 집에서 하룻밤을 묵어 가셨습니다.

결혼한 지 6년이 지나도록 잠은커녕 밥 한 공기에도 면목없다며 미안해 하던 어머니는 그날 밤 비로소 무거운 짐을 벗어 놓은 듯 마음이 편안해 지신 것입니다.

엄마는 그래도 되는 줄 알았습니다

엄마는 그래도 되는 줄 알았습니다

하루 종일 밭에서 죽어라 힘들게 일해도

엄마는 그래도 되는 줄 알았습니다

찬밥 한 덩이로 대충 부뚜막에 앉아 점심을 때워도

엄마는그래도 되는 줄 알았습니다

한겨울 냇물에서 맨손으로 빨래를 방망이질해도

엄마는 그래도 되는 줄 알았습니다

배부르다, 생각 없다, 식구들 다 먹이고 굶어도

엄마는 그래도 되는 줄 알았습니다

발 뒤꿈치 다 헤져 이불이 소리를 내도

엄마는 그래도 되는 줄 알았습니다

손톱이 깎을 수조차 없이 닳고 문드러져도

엄마는 그래도 되는 줄 알았습니다

아버지가 화내고 자식들이 속썩여도 끄떡없는

엄마는 그래도 되는 줄 알았습니다

외할머니 보고 싶다

외할머니 보고 싶다, 그것이 그냥 넋두리인 줄만

한밤중 자다 깨어 방구석에서 한없이 소리 죽여 울던 엄마를 본 후론

아!

엄마는 그러면 안 되는 것이었습니다

20억 년의 사랑

 엄마가 이혼을 한 후 십대인 딸은 점점 반

항아가 되어갔습니다.

"대체 몇 신데……."

엄마는 밤마다 대문 밖에서 딸을 기다렸습니다.

밤 늦도록 집에 돌아오지 않는 날이 부지기수였고 툭하면 사고를 쳐서

엄마의 애간장을 태우는 딸, 엄마의 주름은 늘어만 가고 딸이 빠진 수렁

은 깊어만 갔습니다.

"그런데요… 네? 경찰서라구요?"

경찰서에 잡혀 있으니 데려가라는 전화를 받던 날, 딸아이의 반항은 극

에 달해 있었습니다. 나쁜 친구들과 어울려 늦도록 술을 마시고 큰길에

서 소란을 피우다 잡혀 왔다는 것이었습니다. 엄마가 경찰서로 달려갔을

때 딸아이는 엄마를 쳐다보지도 않고 말했습니다.

"제발 상관 마. 내가 어떻게 살든!"

엄마는 기가 막혀 아무 말도 할 수가 없었습니다.

딸은 엄마의 잔소리가 듣기 싫었습니다. 멋대로 살 테니 이제 제발 포기하라며 자꾸만 거칠고 모나게 뒤틀려 갔습니다.

"가족? 흥 그게 뭐야, 다 필요 없다구."

툭 하면 제 방으로 들어가 문을 잠그기 일쑤였습니다.

"승희야 제발… 문 좀 열어 봐."

그 딸이 열여덟 살이 되던 생일날이었습니다. 새벽같이 나간 딸은 한밤중이 되어도 돌아오지 않았습니다.

딸아이의 어릴 적 사진을 보며 눈시울을 적시는 엄마는 시간을 되돌려 놓고만 싶었습니다.

'어릴 땐 천사처럼 예쁘고 곱기만 한 아이였는데, 그럴 수만 있다면……'

그날 밤 엄마는 딸아이를 위해 선물을 만들었습니다. 그리고 편지를 써 내려갔습니다. 그날도 12시가 다 되어서야 돌아온 딸은 책상 위에 놓인 선물상자를 발견했습니다.

상자에는 편지와 함께 작은 돌멩이 하나가 들어 있었습니다.

"이게 뭐야?"

또 빤한 잔소리려니 하고 심드렁하게 편지를 읽던 딸의 눈에 눈물이 고였습니다.

'이 돌의 나이는 20억 년이란다. 내가 널 포기하려면 아마 그만큼의 시간이 걸리겠지…….'

딸은 비로소 엄마의 사랑이 얼마나 크고 깊고 두터운지 깨달았습니다.

딸은 곤히 잠든 엄마의 머리맡에 앉아 조용히 속삭였습니다.

"20억 년은 너무 길다. 그러니까 엄마… 나 포기하지 마."

딸의 눈에는 눈물이 고였습니다.

딸은 그 밤, 긴 방황을 끝내고 엄마 품에 얼굴을 묻었습니다.

어떤 동행

 엄마의 예순 두 번째 생일날이었습니다. 우리 모녀는 처음으로 단 둘이 여행을 떠났습니다. 제주여행은 아버지가 돌아가신 뒤, 한쪽 팔이 떨어져 나간 것 같다며 힘겨워하는 엄마를 위해 딸이 바치는 작은 선물이었습니다.

"좋지 엄마?"

"좋구나."

필요한 건 내가 다 싸간다고 몸만 단촐하게 오시라는 당부에도 불구하고 엄마는 아주 큼직한 여행가방을 들고 있었습니다.

더구나 뭔가 아주 소중한 게 들었는지 엄마는 가방을 한시도 손에서 놓지 않았습니다.

"줘요, 내가 들게."

"괜찮다."

"무겁잖아."

"아니, 이건 내가 들고 싶어."

이상하다 했더니, 일은 성산 일출봉을 오르기로 한 날 아침에 터졌습니다.

엄마가 한복을 곱게 차려입고 있는 것이었습니다. 여행지에서 한복이라니, 정말 모를 일이었습니다. 게다가 뭔지 모를 짐까지 보자기에 싸들고 있었습니다.

아무튼 우리는 일정에 따라 성산일출봉으로 향했고 엄마는 가는 내내 그 보자기를 품에 꼭 안고 있었습니다.

'대체 뭐가 들었길래 신주단지 모시듯 한담.'

사람들은 한복을 입고 땀을 빼는 엄마를 이상한 눈으로 쳐다보았습니다.

하지만 엄마는 몇 번이나 가다서다를 되풀이하면서도 보자기만은 절대로 놓지 않았습니다.

정상에 도착했을 때 나는 비로소 엄마의 그 깊은 속내를 알 수 있었습니다. 엄마는 그토록 소중하게 품에 품고 온 보따리 속에서 아버지의 사진이 든 액자를 꺼냈습니다. 그리고 액자를 보며 다정하게 말했습니다.

"자 보시구랴, 여기가 당신이 살아 생전 꼭 한번 와 보고 싶다던 그 일출봉이래요."

엄마는 난생 처음 하는 제주여행에 돌아가신 아버지를 모시고 왔던 것입니다. 그것은 혼자만 좋은 것 보고, 맛난 것 먹고, 호강하기 미안한 엄마가 아버지에게 바치는 정말 애틋한 선물이었습니다.

장미 한 송이

한 신사가 꽃가게 앞에 차를 세웠습니다.

멀리 고향에 계신 어머니께 꽃다발을 보내 달라고 주문을 할 참이었습니다. 신사는 가게로 들어가려다 말고 한 소녀가 길가에 앉아 울고 있는 것을 발견했습니다.

신사는 소녀에게 다가가 물었습니다.

"아니, 얘야. 왜 여기서 울고 있니?"

소녀는 울먹이며 말했습니다.

"엄마한테 드릴 장미 한 송이를 사고 싶은데, 돈이 모자라요."

신사는 마음이 아팠습니다.

"그래?"

신사는 소녀의 손을 잡고 꽃가게로 들어가 어머니에게 보낼 꽃다발을 주문한 뒤 소녀에게 장미 한 송이를 사 주었습니다.

소녀의 표정이 환하게 바뀌었습니다.

가게를 나오면서 신사는 소녀를 집까지 데려다 주겠다고 제의했습니다.

"정말 데려다 주실 거예요?"

"그럼."

"그럼, 엄마한테 데려다 주세요. 저… 아저씨,

그런데 엄마 있는 곳이 좀 멀거든요……."

"하하, 이거 내가 너를 괜히 태웠구나."

신사는 소녀가 안내하는 대로 차를 몰았습니다.

한참을 달려 시내 큰길을 빠져나가 꼬불꼬불 산길을 따라 간 곳은 뜻밖
에도 공동묘지였습니다.

소녀는 만든 지 얼마 되지 않은 무덤가에 꽃을 내려놓았습니다.

한 달 전 돌아가신 엄마 무덤에 장미 한 송이를 바치려고 먼길을 달려왔
던 것입니다.

신사는 아이를 집까지 바래다 준 뒤 꽃가게로 되돌아가 어머니께 보내기
로 한 꽃을 취소했습니다.

그리고 꽃을 한아름 산 뒤 다섯 시간이나 떨어진 어머니의 집으로 달려
갔습니다.

단 5분만이라도

시골 어느 집에 한 군인이 찾아왔습니다.

"계십니까? 여기가……."

"뉘슈?"

빨래를 널고 있던 어머니는 낯선 군인이 전해 준 한 통의 편지를 받아 들었습니다. 그것은 아들의 전사통지서였습니다.

전쟁터에서 고통스럽게 죽어간 아들의 모습이 떠올라 어머니의 가슴은 찢어질 듯 아팠습니다.

"흑흑… 흑흑……."

금이야 옥이야 키운 자식, 기둥이고 하늘이었던 아들인데…….

어깨를 들썩이며 우는 어머니의 가슴에는 아들의 모습이 선명하게 떠올랐습니다.

어머니는 간절히 기도했습니다.

"아, 한 번만이라도 아들을 볼 수 있다면, 단 5분 만이라도……."

곁에서 어머니의 기도를 듣던 군인이 물었습니다.

"아들을 단 5분 동안 만날 수 있다면 어머님이 만나고 싶은 아들의 모습은 어떤 모습이에요?"

어머니는 아들과 함께 지냈던 지난 날들을 떠올렸습니다. 어머니의 기억

속엔 참 여러 모습의 아들이 있었습니다.

아장아장 걸음마를 배우던 어릴 적 천진한 모습도, 학교 단상에 올라가 우

등상을 받던 자랑스런 모습도, 착한 일을 해서 가족들을 기쁘게 하던 모습

도 있었습니다. 하지만 어머니가 다시 보고 싶은 아들은 그때의 아들이

아니었습니다.

이야기를 듣고 있던 군인이 조심스럽게 물었습니다.

"군인으로 용감하게 싸우던 모습인가요?"

"아니라우. 그건… 내가 만나고 싶은 건……."

어머니는 아주 천천히 기억을 더듬으며 말했습니다.

"언젠가, 아주 큰 잘못을 저지르고 어쩔 줄 몰라 하며 울던 그때의 아들

과 단 5분만이라도 만날 수 있었으면……."

어머니는 눈물을 참으며 어렵게 말을 이었습니다.

"아이는 그때 너무 어려서 몹시 두려워하고 있었지요."

어머니는 눈물자국으로 얼룩진 아들의 얼굴을 닦아 주고 싶다고 했습니다.

어렵고 힘들었던 때의 아들을 다시 만나 품에 안고 상처를 어루만져 주

고 싶다고 말입니다.

어머니의 기다림

가난한 집안 형편 때문에 등록금이 면제되는 실업계 고등학교에 다니는 아들이 있었습니다. 그 아들은 언제나 월요일 아침이 되면 기숙사로 가기 위해 짐을 챙깁니다. 어머니는 그때마다 때에 절은 손으로 차비 몇 푼을 겨우 쥐어 주곤 돌아앉아 속앓이를 하십니다.

그런데 어느 날 저녁, 어머니가 기숙사로 아들을 찾아갔습니다. 어머니는 너무 뜻밖이라 왜 오셨냐고 말도 못하고 서 있는 아들에게 몇 번을 접었는지 모르게 꼬깃해진 만 원짜리 지폐 한 장을 내밀었습니다.

"미안하구나, 줄 수 있는 게 이것뿐이라서……."

아들은 어머니의 그 손이 부끄러워 얼른 방문을 닫아 버렸습니다.

몇 년 뒤, 그 아들이 교통사고를 내고 교도소에 수감됐습니다.

수갑을 잔 아늘 앞에서 하염없이 눈물을 흘리는 어머니를 보며 아들은 비로소 다짐했습니다.

"죄송해요 엄마……. 조금만 기다리시면 제가 호강시켜 드릴게요."

"그, 그래……. 기다리마, 기다리구 말구."

출소 후 아들은 어머니와의 약속을 지키기 위해 악착같이 일했습니다.

돈을 모을 때까지는 어머니 앞에 나타나지 않으리란 결심으로 명절 때도

찾아가지 못하고 견뎠습니다.

그렇게 삼 년이 지나고 설을 앞 둔 어느 날, 그가 어머니께 드릴 선물을

마련했습니다. 이젠 찾아갈 때가 됐다고 판단한 것입니다.

그런데 그날 밤 동생으로부터 전화가 걸려 왔습니다.

큰아들이 돈 벌어 호강시켜 준댔다며 기다리고 또 기다리던 어머니가 교

통사고로 돌아가셨다는 전갈이었습니다. 그날 어머니에게 드릴 선물을

가슴에 안은 채 아들은 하염없이 눈물을 흘렸습니다.

"어머니, 왜 하루를 기다리지 못하셨습니까? 하루를……."

어머니 가슴에 박힌 못을 끝끝내 뽑아드리지 못한 아들은 눈물만 흘렸습

니다.

마지막 여행

첩첩산중 작은 마을에 칠순 노모를 모시고 사는 아들이 있었습니다.

그는 온 마을에 소문이 자자한 효자였습니다. 아들은 툭하면 이제 죽을 날이 멀지 않았다고 푸념하는 어머니를 참 극진히도 모셨습니다.

어머니의 주름진 손을 잡고 손톱을 잘라 주던 어느 날, 어머니가 더듬거리는 목소리로 물었습니다.

"애비야, 여기선 멀지?"

"어디가요 어머니?"

"아, 그 서울이라는 데 말이다."

"왜요, 가고 싶어서요?"

"아니다. 이 꼴로 가긴 어딜 간다고……."

태어나서 단 한 번도 산마루 넘어 읍내 밖으론 나가 본 적이 없는 어머니였습니다. 칠순의 어머니는 죽기 전에 꼭 한번 넓은 세상을 구경하는 것이 소원이었습니다.

벌써 몇 번째인지 모를 서울타령이었지만 차만 타면 멀미가 나는 통에 젊어서도 읍내 나들이조차 변변히 못한 어머니가 이

산골에서 서울까지 간다는 건 보통 일이 아니었습니다.

"어머니……"

어느 날, 아들은 손수레를 개조해 누울 자리를 만들고 생애 한 번도 해

본 적 없다는 어머니의 서울 구경을 준비했습니다.

"어머니, 서울 구경 시켜 드릴게요."

"증말이냐? 지금 가는 거여?"

어머니는 어린 아이처럼 기뻐했습니다.

"예, 어머니."

그 모습을 바라보는 아들의 입가에도 잔잔한 미소가 번졌습니다.

"가만 있거라, 그럼 짐을 싸야지."

어머니가 짐을 꾸린다며 장롱 깊숙한 곳에서 꺼낸 것은 보자기에 고이

접어 간직해 둔 수의였습니다.

"아니, 이걸 왜?"

아들은 당황했지만 어머니의 그 마음을 알 것도 같아 차마 말릴 수 없었습니다. 어쩌면 생애 마지막일 수도 있는 여행이라는 생각이 들었습니다.

아들은 수레를 끌고 산 넘고 물을 건넜습니다. 이마에 땀을 훔치며 아들은 어머니가 기뻐할 모습을 생각하며 기운을 냈습니다. 하지만 마음과 달리 먼 여행이 힘에 부친 어머니는 점점 기력을 잃어갔습니다.

길에서 잠들고 길에서 눈뜨기가 몇날 며칠째 이어졌습니다.

어머니와 아들의 특별한 자가용이 언덕을 넘어 마침내 서울 문턱에 다다랐을 때 아들은 그만 통곡을 하고 말았습니다.

그토록 그리워하던 신천지가 바로 눈앞인데, 어머니는 수의 보따리를 꼭 끌어안은 채로 숨을 거두신 것입니다.

어머니는 수험생

수험생 아들을 둔 어머니가 있었습니다.

아들은 어머니가 성화를 대지 않아도 언제나 밤늦도록 공부하는 모범생

이었습니다.

그런데 그 아들이 공부를 할 때면 어머니도 공부가 끝날 때까지 졸린 눈

을 비비며 아들과 함께 밤을 지새곤 했습니다. 아들이 졸음을 이기지 못

해 잠에 빠질 것을 염려해서였습니다. 어머니는 그때마다 한 바가지의

쌀을 퍼다 놓고 무언가를 열심히 골라냈습니다.

"엄마, 날마다 쌀에서 뭘 고르는 거야?"

궁금한 아들이 참다 못해 물은 적도 있지만 어머니는 빙긋이 웃고 말 뿐

이었습니다.

어느덧 일 년이 흘러 시험날이

됐을 때, 어느 날보다 일찍 일어

난 어머니는 수험생 아들을 불렀

습니다. 그리고는 아들이 보는

앞에서 작은 단지 하나를 열었습니다.

항아리 속에는 반지르르 윤기가 흐르는 쌀이 소복이 들어 있었습니다.

"이건 밤마다 네 등뒤에서 고른 쌀이란다. 한 바가지의 쌀 중에서 가장 알이 굵고 모양 좋게 여문 것만 골라 담았지. 어떤 날은 두 알을 고를 때도 있었고 열 알을 고를 때도 있었단다."

어머니는 쌀을 한 알 한 알 골라 담으면서 이 쌀알처럼 단단하고 속찬 사람이 되라고 기도했다고 했습니다.

"엄마!"

어머니는 그 쌀이 단 한 톨도 흘러나가지 않게 정성껏 씻어 밥을 지어 시험장으로 가는 아들의 아침을 차려 주었습니다.

소년과 물새알

작은 섬마을에 한 소년이 살았습니다.

 소년은 날마다 바닷가에 나가 파란 하늘, 하얀 물
새, 밀려오는 파도를 벗삼아 놀았습니다. 그러던
어느 날 소년은 풀섶에서 물새알을 발견했습니다.

"아, 이쁘다."

예쁜 물새알을 주운 소년은 얼른 집에 돌아와 어머니께 보였습니다.

"엄마 엄마, 새알이야. 모래속에 있었어요."

어머니는 아무 말 없이 물새알을 요리해서 소년에게 주었고, 소년은 어
머니가 만든 요리를 맛있게 먹었습니다.

다음날도 소년은 바닷가에 나갔습니다. 하지만 소년은 이제 파도와 놀지
않았습니다. 온종일 바닷가를 돌아다니며 물새알만 찾아 헤맸습니다.

어쩌다 물새알을 찾기라도 하면 손뼉을 치며 기뻐했고 찾지 못하면 어깨
를 축 늘어뜨리고 슬퍼했습니다.

그날도 허탕만 치고 힘없이 집으로 돌아가던 소년은 외딴집 닭장에서 암
탉이 막 알을 낳는 장면을 보게 되었습니다.

소년은 물새알과 비슷한 달걀을 몰래 훔쳐서
집으로 돌아왔습니다. 어머니는 이번에도
말없이 그것을 요리해 주었습니다.

그날 이후 소년은 더 이상 바닷가를 헤매지 않았습니다. 대신 외딴집 닭장 앞에서 닭이 알을 낳기만 기다리고 있었습니다.

세월이 흘러 소년이 청년이 됐을 때 그는 어느새 남의 물건을 슬쩍슬쩍 훔치는 소매치기가 되었습니다. 그의 도벽은 걷잡을 수 없이 심해졌고 끝내 감옥에 갇히는 신세가 되고 말았습니다.

늙은 어머니가 감옥을 찾아가자 소년은, 아니 이제 어른이 된 아들은 눈물을 흘리며 말했습니다.

"어머니, 제가 물새알을 주워 왔을 때 왜 야단치지 않으셨어요…. 애야, 어미 물새가 알을 찾느라 얼마나 애태우겠니라고 한 마디만 하셨어도… 흑흑."

아들의 원망에 어머니는 가슴이 미어졌습니다.

그때 물새알을 제자리에 갖다 놓으라고 한 마디만 했더라면, 올바르게 가르쳤더라면 하고 후회했습니다.

하지만 물새알도 소년도 제자리로 돌아가기엔 이미 너무 늦은 뒤였습니다.

어머니의 가르침

그는 한없이 정겹고 순하디 순한 아이들이 좋았습니다.

그가 시골 작은 학교의 선생님으로 부임한 지 1년이 되던 어느 날이었습니다. 서울에 사시는 어머니가 먹을 것이며 옷가지를 바리바리 싸들고 아들을 만나러 내려왔습니다.

"어머니, 제가 좀 늦었어요. 고생 많으셨죠?"

아들은 수업이 끝난 뒤 어머니를 마중하러 나갔고, 어머니는 어느새 자라 제법 교사티가 나는 아들을 대견해 했습니다.

모처럼 어머니 숨소리를 자장가 삼아 푸근히 자고 난 아침, 그는 지각하지 않으려고 서둘러 집을 나섰습니다.

"다녀오너라. 내 걱정은 말고 아이들 잘 가르치거라."

어머니는 대견스러운 눈빛으로 아들을 향해 손을 흔들었습니다.

자취집에서 학교까지의 거리는 5리, 그리 먼 길은 아니었지만 도중에 개울을 건너야 갈 수 있었습니다. 그런데 그만 징검다리 돌 하나가 잘못

놓여 있어 개울물에 빠지고 말았습니다.

그는 옷을 갈아입으려고 자취집으로 발길을 옮겼습니다. 온 몸이 물에 젖어 물을 뚝뚝 흘리는 아들을 보고 어머니가 놀라서 뛰어 나왔습니다.

"아니, 이게 무슨 일이냐?"

"별일 아니에요. 징검다리를 잘못 디더서요."

어머니를 안심시킨 뒤 옷을 갈아입으려 하는 바로 그때, 어머니의 엄한 목소리가 들려왔습니다.

"그래, 그 돌은 바로 놓고 왔느냐?"

어머니의 물음에 그는 어쩔 줄 몰라 하며 얼굴을 붉혔습니다.

"그래가지고 어디 선생이라 할 수 있다더냐? 어서 돌부터 바로 놓고 와서 옷을 갈아입어라."

하는 수 없이 그는 개울로 달려가 뒤뚱대는 돌을 바로 놓았습니다.

세월이 흘러 처음 교단에 섰을 때의 마음이 흐트러질 때마다 그는 어머니의 그 호된 질책을 떠올렸습니다.

"돌은 바로 놓고 왔느냐?"

세상에서 가장 부드러운 손

시골의 작은 마을에 사는 가난한 집 막내가 대학생이 되었습니다.

 막내는 하루라도 빨리 구질구질한 현실에서 벗어나고 싶었지만 형편이 어려워 날마다 두 시간씩 걸리는 기차 통학을 하게 되었습니다.

그날도 기차 시간에 대느라 새벽부터 일어난 딸은 뒤져봐야 헐어빠진 옷들뿐인 옷장에서 아껴두었던 치마를 찾아 입었습니다.

"좋아, 이만하면……."

그런데 스타킹이 문제였습니다. 몇 개 되지도 않는 스타킹이 하나같이 구멍나고 헐고 올이 나가 있었던 것입니다. 벗어 놓을 때까지만 해도 말짱했었는데 말입니다. 딸은 스타킹을 들고 다짜고짜 엄마를 다그쳤습니다.

"엄마, 이거 다 왜 이래?"

"아이구 저런, 내가 빨다가 그랬나 보다. 이놈의 손이 갈퀴 같아서 원. 이를 워쩌냐."

딸은 미안해서 어쩔 줄 몰라 하는 엄마 앞에 스타킹 뭉치를 팽개쳤습니다.

"엄마, 다시는 내 스타킹에 손대지 마. 이제부터 내가 빨 테니까."

엄마는 그 역시 부성을 말없이 받아넘겼지만 그 후론 딸의 스타킹에 정말 손도 대지 않으셨습니다.

그해 여름 방학이 되어 딸이 집에서 빈둥대고 있을 때 면사무소에서 전

화가 걸려 왔습니다.

"네? 우리 엄마 지문이 다 닳았다구요?"

엄마의 주민등록증을 새로 만들어야 하는

데 지문이 닳아서 지장을 찍을 수 없으니 제발 며칠만이라도 일을 하지

말라는 것이었습니다.

딸은 잠시 멍하니 하늘을 바라봤습니다.

왜 스타킹을 못쓰게 만들 정도로 거칠어진 엄마의 손을 단 한 번도 잡아

드리지 못했을까.

딸은 밭으로 엄마를 찾아갔습니다.

그늘 한점 없는 뙤약볕, 기역자로 굽은 등…….

평생을 그렇게 논 매고 밭 매며 억새풀처럼, 질경이처럼 살아 온 엄마였

습니다. 딸은 말없이 다가가 엄마를 끌어안았습니다.

"엄마… 흑흑흑."

"어이구, 우리 막내가 웬일로 밭엘 다 오고."

영문도 모른 채 엄마는 딸을 감싸안았습니다.

엄마의 손은 비록 땡볕에 그을리고 패이고 흙 묻은 손이지만 그것은 세

상에서 가장 부드러운 손이었습니다.

다시 태어난다면

뇌성마비 아들을 둔 어머니가 있었습니다. 걸핏하면 친구들의 조롱거리가 되곤 하는 아들. 어머니는 아들이 마음만은 건강하고 바른 사람으로 자라게 하고 싶어 언제나 긍정적인 생각을 하도록 도와 주었고 학교도 특수학교가 아닌 일반학교에 입학시켰습니다.

불편한 몸으로 그 틈에 아무 무리없이 섞일 수 있으리라고 생각한 건 아니지만 시간이 해결해 줄 거라고 믿었습니다.

어머니는 아들이 수업을 하는 동안 늘 가슴을 졸이며 운동장 귀퉁이에서 아들을 기다렸습니다. 하지만 아들은 아이들의 따돌림과 놀림을 견디지 못해 점차 폐쇄적이고 비뚤어진 성격으로 변해 갔습니다.

마치 전쟁 같은 하루 하루였습니다. 몇 시간에 한 벌씩 옷을 후질러대는 통에 빨래가 산더미처럼 쌓여도, 학교에 가지 않겠다고 울고불

고 떼를 써도 어머니는 화를 낼 수가 없었습니다.

그러나 어머니의 헌신적인 노력은 헛되지 않았습니다. 험한 고통과 시련 속에서 아들은 중학교를 졸업하고 고등학교에 입학했습니다.

고등학교를 다니는 3년 동안 어머니는 단 하루도 빠짐없이 아들과 같이 등교하고 아들과 같이 하교했습니다.

마침내 졸업식 날, 아들은 그동안 어머니의 마음을 아프게 했던 자신을 돌아보았습니다. 수업이 끝날 때까지 창밖에 서서 자신을 기다리며 따뜻한 격려의 눈길을 보내던 어머니. 그 어머니의 가슴에 아픈 못을 얼마나 많이 박았는지 모릅니다. 아들은 졸업식장 한구석에서 속으로 울고 있는 어머니에게 천천히 다가가 말했습니다.

"엄마, 제가 만일 다시 태어난다면 그때는 엄마의 어머니로 태어나고 싶어요."

그렇게 강하게만 보이던 어머니의 눈에도 눈물이 고였습니다.

아들은 또 말했습니다.

가슴이 원망으로 가득 차 비뚤어진 길을 가려고 할 때마다 잡아 주고 보듬어준 어머니… 그 크고 깊은 사랑을 갚는 길은 어머니의 어머니로 다시 태어나는 길뿐이라고 말입니다.

5

고마움을 그린다

사랑의 가로등

서울 변두리, 키작은 집들이 옥닥복닥 모여 있는 마을에 밤이 왔습니다.

골목들이 얼마나 비좁은지, 그리고 얼마나 어두운지

해만 지면 그 미로에선 크고 작은 사고들이 일어나

곤 합니다. 그런데 그 한 모퉁이, 바람이 불면 금방이

라도 쓰러질 듯한 집 앞에 언제나 환한 외등이 켜져 있었습니다.

그 집엔 앞을 못 보는 부부가 살고 있습니다.

마음에 불을 켜고 서로의 눈이 돼 주는 아내 그리고 남편. 그들에게 불빛

은 있으나마나한 존재지만 매일 저녁 해가 지면 제일 먼저 하는 일은 외

등을 켜는 것입니다. 방안에서 쉬고 있다가도 아내는 남편에게 한 가지

확인하는 것을 잊지 않았습니다.

"당신, 외등 켰죠?"

"그럼. 그걸 잊을 리가 있나."

볼 수도 없는 등을 켜는 일. 그것은 혹 이웃들이 어두운 골목에서 넘어지

거나 다치지 않을까 염려하는 시각장애인 부부의 배려였습니다.

가파른 달동네에 흰 눈이 소복소복 내린 새벽이었습니다. 언덕 꼭대기에

사는 손수레 아저씨가 연탄재를 가득 싣고

그 집앞으로 갔습니다. 그리고는 문 앞에서

큰길께까지 연탄재를 뿌렸습니다. 앞 못보

는 부부가 눈길에 미끄러지면 어쩌나 염려가 돼서였습니다.

이른 새벽, 문밖에서 싸락싸락 들리던 발자국 소리의 주인공이 누군지,

길이 왜 미끄럽지 않은지 부부는 알고 있습니다.

시각장애인 부부에게도, 손수레 아저씨에게도 그 해 겨울은 참 따뜻했

습니다.

꼬마의 편지

한 남자가 교통사고를 당해 병원으로 실려 갔습니다. 기적처럼 목숨은 건졌지만 의식 이 돌아오자마자 그는 절망에 빠졌습니다.

사고가 그의 두 눈을 앗아갔던 것입니다. 남자는 의사를 붙들고 절규했 습니다.

"내 눈… 눈이 어떻게 된 겁니까, 예? 흑흑……."

의사도 어쩔 수 없다는 듯 조용히 환자의 등만 쓸어 주었습니다.

"진정하세요."

이식을 하는 것 말고는 가망이 없는 상태에서 그는 일반 병실로 옮겨졌 고 그곳에서 한 꼬마숙녀를 만났습니다. 옆 침대에 입원 중인 아이는 놀 아 줄 친구라도 만난 듯 그를 반가워했습니다. 그리고 호기심 어린 눈으 로 나사와 그에게 말을 걸었습니다.

"아저씨 눈이 꼭 미이라 같다. 헤헤… 아저씨 아저씨, 말 못 해?"

하지만 누군지도 모르는 사람과 말을 주고 받을 만큼 마음이 편칠 않은

그는 그런 아이가 몹시 성가셨습니다.

"흑흑흑……."

그는 이제 아무것도 볼 수 없는 눈을 감싸쥐고

깊이 흐느꼈습니다.

"아저씨, 울지 마… 울 엄마가 그러는데 자꾸 울면 병이 안 낫는데."

"푸… 녀석."

아이가 잡아주는 손에 그는 슬그머니 고개를 들었습니다.

그날 이후 남자와 아이는 병원의 소문난 단짝이 되었습니다. 두 사람은

정원을 산책하기도 하고, 벤취에 앉아 이야기도 주고 받았습니다.

"아저씨 아저씨, 으음 있잖아, 나 아저씨랑 결혼할래. 이히히."

"정혜는 아저씨가 그렇게 좋니?"

"응, 좋아."

하지만 남자와 일곱 살 꼬마숙녀의 이별은 생각보다 빨리 찾아왔습니다.

그가 퇴원을 하게 된 것입니다.

"아저씨, 나 퇴원할 때 꼭 와야 돼, 알았지?"

"그래, 우리 정혜 퇴원하는 날 아저씨가 예쁜 꽃 사갖고 올게."

"자, 약속!"

"약속!"

그로부터 몇 주 후 병원에서 전화가 걸려 왔습니다. 안구 기증자가 나타나 눈을 이식할 수 있게 됐다는 소식이었습니다. 그는 뛸 듯이 기뻤습니다. 수술을 성공적으로 마치고 잃었던 빛을, 세상을 온전히 되찾은 그는 어느 날 기증자가 보냈다는 한 통의 편지를 보고 그만 가슴이 무너져 내렸습니다. 편지에는 삐뚤빼뚤한 글씨로 이렇게 씌어 있었습니다.

'아저씨, 나 아무래도 아저씨랑 결혼은 못 할 것 같애. 그러니까 아저씨 눈 할래.'

일곱 살 어린 꼬마가 그에게 준 것, 그것은 세상에서 가장 아름다운 눈이었습니다.

검정 풍선

미국 디트로이트의 작은 마을에서 한 풍선장수가 풍선을 팔고 있었습니다.

단골 고객은 당연히 동네 꼬마들이었습니다. 하지만 아이들은 노는 데 정신이 팔려 풍선 따위 안중에도 없는 것처럼 보였습니다.

장사 수완이 매우 뛰어난 풍선장수는 아이들의 환심을 사기 위해 빨간 풍선을 하늘로 날려보냈습니다.

"어? 풍선이다."

"잡아 잡아!"

아이들이 그 풍선을 잡으려고 우르르 몰려들었습니다.

"어… 어……"

하늘로 날아간 풍선은 아이들의 시선을 한꺼번에 집중시키는 효과를 발휘했습니다.

풍선을 놓친 아이들이 죄 몰려와 에워싸자 흥이 난 풍선장수는 파란 풍선, 노란 풍선, 하얀 풍선을 하나씩 날려 보냈습니다. 차례차례 날아오른 풍선들은 드넓은 하늘로 높이높이 올라갔습니다.

"와, 하늘나라까지 가겠다."

그리고 풍선은 이내 까만 점으로 변해 사라져 갔습니다.

풍선은 불티나게 팔렸습니다.

"아저씨, 풍선 주세요."

"저두요."

"저두요."

근처에 있던 아이들이 모두 하나씩 풍선을 사들고 간 뒤 아까부터 물끄러미 그 광경을 바라보던 흑인 꼬마가 풍선장수에게 다가갔습니다.

"저… 아저씨, 한 가지 궁금한 게 있는데요."

"그래? 그게 뭐지?"

흑인 꼬마는 알록달록한 풍선 옆에 매달린 검정 풍선을 가리키며 말했습니다.

"아저씨가 만일 이 검정 풍선을 띄워 보내면 이것도 다른 풍선처럼 높이 날 수 있나요?"

풍선장수는 곰곰이 생각한 뒤 말없이 고개를 끄덕였습니다. 그리곤 꽁꽁 묶어 두었던 검정 풍선들을 모조리 풀었습니다.

끈이 풀린 검정 풍선들이 일제히 하늘로 날아오르기 시작했습니다.

소년은 검정 풍선이 다른 풍선들과 똑같이 날아올라 점으로 사라질 때까지 눈을 떼지 못했습니다.

풍선장수가 소년의 어깨를 감싸며 말했습니다.

"애야, 풍선이 하늘을 날게 만드는 것은 색깔이 아니라 그 안에 든 것이란다."

"아. 네… 헤헤."

순간 아이의 표정이 환해졌습니다. 풍선장수의 지혜가 아이의 두려움까지 모두 날려 보낸 것입니다.

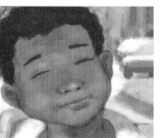

도시락 속의 머리카락

모두가 가난했던 시절, 도시락 하나 변변히 싸 들고 다니기 힘든 학생이 허다할 때였습니다.

옆자리 친구도 그랬습니다. 반찬은 언제나 시커먼 콩자반 한 가지. 소시지와 햇님 같은 계란부침이 얹혀 있는 내 도시락과는 정말 달랐습니다. 게다가 친구는 항상 도시락에서 머리카락을 골라낸 뒤 아무렇지도 않다는 듯 밥을 먹었습니다. 그 불결한 발견은 매일같이 되풀이됐습니다.

'엄마가 얼마나 지저분하면 매일 머리카락일까?'

친구의 자존심을 생각해서 내색을 할 수는 없었지만 불결하고 불쾌하고 그 친구에 대한 이미지마저 흐려져 갔습니다.

그러던 어느 날, 방과후에 그 친구가 나를 붙들었습니다.

"별일 없으면 우리집에 가서 놀자."

내키지 않는 일이었지만 같은 반이 된 후 처음으로 집에 놀러 가자는 친구의 제의를 거절할 수가 없었습니다.

친구를 따라간 곳은 서울에서도 가장 가파른 달동네였습니다. 허름한 집

의 문을 열고 들어서며 친구는 큰 소리로 외쳤습니다.

"엄마, 친구 왔어요!"

친구의 들뜬 목소리에 삐거덕 방문이 열리고 늙으신 어머니가 모습을 드

러냈습니다.

"어이구, 우리 아들 친구가 왔다고? 어디 좀 보자."

그런데 방문을 나선 어머니는 기둥만 더듬으며 두리번 거릴 뿐, 앞을 보

지 못하는 분이셨습니다.

나는 순간 콧날이 시큰해져서 아무말도 할 수가 없었습니다.

녀석의 도시락 반찬은 오늘도 보나마나 콩자반입니다. 그러나 앞을 못

보시는 어머니가 더듬더듬 싸준 도시락. 그것은 밥이 아니라 사랑이었습

니다. 그 속에 뒤섞인 머리카락조차도 말입니다.

고마움을 그린다

나는 학교를 졸업하고 작은 옷가게를 차렸습니다.

세상을 향해 내딛는 첫발이었습니다. 뭐든 남보다 잘하고 싶다는 욕심으로 언제나 일찍 문을 열고 늦도록 일했습니다.

그날도 동이 트자마자 나가서 막 문을 열려고 하는데 가게 앞에 지갑이 떨어져 있었습니다.

보기에도 두툼한 지갑에는 꽤 큰 돈이 들어 있었습니다.

"세상에……."

횡재를 했다고 그냥 갖는 건 양심이 허락하질 않아 나는 주인을 찾아 주기로 했습니다.

잠시 후, 한 여학생이 창백한 얼굴로 찾아왔습니다.

"저, 지갑을 찾으러 왔는데요."

"아! 학생 거였어? 근데 어쩌다가……."

그러나 지갑을 받아든 여학생은 경위를 물을 새도 없이 고맙다는 말 한 마디만 겨우 남긴 채 달아나듯 가 버렸습니다. 보상을 바라고 한 일은 아니었지만 서운한 마음이 들었습니다.

그 일이 있고 나서 한 달쯤 지났을까? 나는 깜짝 놀랐습니다.

거무튀튀하던 셔터문에 화사한 봄풍경이 그려져 있었던 것입니다. 너무 놀라 두리번거리는데 문틈에 쪽지가 끼워져 있었습니다.

'고마운 분께, 한 달 전 지갑 하날 주우셨죠? 전 그 지갑 주인의 동생입니다. 누나는 그때 돈을 잃어 버리고 너무 울어서 실신할 지경이었답니다. 그 돈은 누나가 아르바이트를 해서 어렵게 마련한 대학 입학금이었거든요. 지갑을 찾아 준 분께 고맙다는 인사도 제대로 못 했다고 걱정하는 누나를 위해, 그리고 고마운 분을 위해 제가 해 드릴 수 있는 건 이것뿐입니다.'

그러나 그것뿐이 아니었습니다. 어떤 날은 어설픈 세일광고가 세련된 글씨로 변해 있었고 여름이 오면 시원한 여름 풍경이, 가을이면 가을 풍경이 마치 마술처럼 가게문을 장식했습니다.

나는 그 마음씨 고운 동생을 꼭 한 번 만나보고 싶었습니다. 제발 한번 와 달라는 쪽지도 붙여 보고 밤 늦도록 기다려도 봤지만 그는 나타나지 않았습니다.

그렇게 3년이란 세월이 흘러 나는 가게를 아는 후배에게 넘기고 결혼을 했습니다.

그런데 어느 날 그 후배가 전화를 걸어 호들갑을 떨었습니다.

올해도 어김없이 가게문에 여름이 왔노라구요.

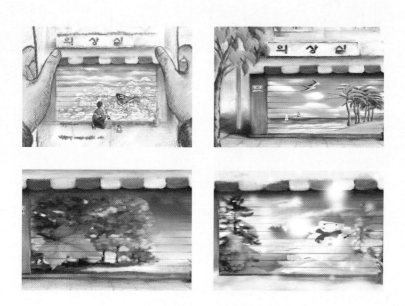

1006개의 동전

가파른 달동네 언덕 끝, 그 집엔 가난이 살고 있었습니다.

 사회복지사인 내가 그 누추한 문을 두드렸을 때 집에서 나온 주인은 화상으로 얼굴이 반쯤 일그러진 여자였습니다.

나는 잠시 당황했지만 곧 마음을 가다듬고 안으로 들어갔습니다. 두 평이나 될까. 퀘퀘하고 비좁은 방에는 그녀와 어린 딸이 살고 있었습니다.

"어렸을 때 집에 불이 났어요. 아버지와 저만 겨우 살아남았죠."

불이 난 후에 상처투성이가 된 아버지는 술로 세월을 보냈고 걸핏하면 손찌검을 해댔다고 합니다.

"으아앙……."

절망에 빠진 그녀는 그런 아버지를 보며 참 많이 울었습니다.

그녀의 아픔을 껴안은 건 앞 못 보는 남편이었습니다. 그러나 행복은 아주 짧게 그녀를 스쳐갔습니다. 남편마저 세상을 뜨고 생계가 막막해진 판에 화상 입은 얼굴로 할 수 있는 거라곤 구걸뿐이었습니다.

서러운 사람……. 상담을 하는 동안 그녀는 하염없이 눈물을 흘렸습니다. 생활보조금이 나올 테니 조금만 기다리라는 말을 남기고 일어서려는데 그녀가 장롱 깊숙한 곳에

서 무언가를 꺼내 내게 건넸습니다. 그것은 뜻밖에도 동전이 가득 든 주머니였습니다.

"혼자 약속한 게 있어요. 구걸해서 천 원짜리가 나오면 생활비로 쓰고 5백 원짜리는 시력을 잃어 가는 딸아이 수술비로 쓰기로. 100원짜리가 나오면 나보다 어려운 이웃들을 돕는데 쓰겠다구요……. 좋은 데 써 주세요."

그 돈을 받아 줘야 마음이 편하다는 말에 나는 하는 수 없이 동전꾸러미를 받아들고 돌아왔습니다. 주머니 안에는 모두 1006개의 100원짜리 주화가 들어 있었습니다.

1006개의 때묻은 동전. 그것은 부자의 억만금보다 더 귀한 돈이었습니다.

이상한 라면상자

고등학교를 졸업하던 해, 나는 배낭 하나 질끈 매고 무작정 상경했습니다.

"저… 일자리를 구하는데요."

"일이 없는데."

촌티를 벗지 못해 꾀죄죄한 몰골로 일자리를 찾아 헤맸지만 가는 곳마다 나이가 어리다, 기술이 없다, 이런저런 이유로 문전박대를 당했습니다.

그렇게 열두 번도 넘게 실패한 뒤 배고프고 목마르고 손 하나 까딱할 수 없을 만큼 탈진해 주저앉아 있을 때, 작은 인쇄소의 구인광고가 눈에 띄었습니다.

"될까? 안 될거야. 그래도 가 보자."

지푸라기라도 잡고 싶은 심정으로 나는 마지막 남은 힘을 다해 인쇄소를 찾아 갔습니다.

"저… 사람을 구한다고……."

"그 기운에 뭔 일을 할라꼬?"

내 몰골을 보고는 일이고 뭐고 기운부터 차리라며 국밥 그릇을 밀어준 인쇄소 주인 아저씨. 그는 눈 감으면 코 베간다는 서울에서 내가 처음으로 만난 천사였습니다.

나는 인쇄소 찬 바닥에 스티로폼을 깔고 먹고 자며 일을 배웠습니다.

실수도 하고 고달플 때도 많았지만 이를 악물고 견뎠습니다.

그렇게 한 달이 지난 뒤 첫 월급을 타게 됐습니다. 비록 얼마 되지는 않았지만 난생 처음 내 손으로 번 돈이라 감개무량했습니다.

나는 수중에 라면 한 상자값만 남기고 그 돈을 몽땅 저금했습니다.

고정불변의 저녁 메뉴 라면!

나는 배가 고플 때면 저금통장을 꺼내봤습니다. 통장에 불어난 돈을 보며 라면만 먹어도 행복한 나날이었습니다.

그렇게 며칠이 흘렀습니다. 그렇다고 저녁을 굶을 수는 없기에 그날도 라면 하나를 축냈습니다.

이상한 일은 그 다음날 일어났습니다.

"어, 이상하다?"

하나만 남아 있어야 할 라면이 두 개였던 것입니다.

다음날도 그 다음날도 라면은 줄어들지 않았습니다.

비밀의 열쇠는 주인 아저씨 손에 있었습니다.

"박군아, 이거말이다. 저 삼거리빌딩 있지? 관리실에 갖다 줘라."

아저씨는 저녁 무렵 일부러 심부름을 시키고 내가 자리를 비운 틈을 타
서 상자에 라면을 채워 넣으셨던 것입니다.

가난한 고학생의 자존심이 다칠 것을 염려해 몰래몰래 하신 일이었습니
다. 그 깊은 사랑과 마술상자 속 라면이 있어 내 젊은날은 초라하지도,
가난하지도 않았습니다.

찌그러진 만년필

 어느 유명한 작가가 독일을 여행할 때였습니다. 그는 공원에서 자신을 알아보는 이들을 만나 사인을 해 주었습니다.

"선생님, 늦었습니다. 어서요."

소년의 차례가 됐을 때 대기하고 있던 자동차가 와서 그를 재촉했습니다. 그 바람에 서둘러 가려던 작가는 그만 만년필을 떨어뜨리고 말았습니다.

"어! 만년필이 떨어졌네?"

소년은 만년필을 주워들고 그에게 달려갔습니다.

"선생님, 만년필이요!"

그는 소년을 발견했지만 그냥 가지라는 뜻으로 손을 흔들어보인 뒤 그곳을 떠났습니다.

그로부터 몇 달 뒤 작가는 독일에서 날아온 소포를 받게 됐습니다.

찌그러진 만년필과 편지가 들어 있는 상자였습니다.

'저는 공원에서 우연히 선생님의 만년필을 갖게 된 아이의 아버지입니다. 아들은 만년필을 들고 온 날부터 선생님의 주소를 알려고 애썼지요.'

그것은 겨우 열세 살밖에 안된 소년에게 쉬운 일이 아니었지만 소년은 물건을 주인에게 돌려줘야 한다며 포기하지 않았습니다. 그러던 어느 날 소년은 작가의 글이 실린 신문을 보고 신문사를 찾아가 주소를 알아냈습니다.

'그때 기뻐하던 아들의 모습이 눈에 선합니다. 그런데 선생님, 우체국에 가서 만년필을 부쳐드리고 오겠다던 아들은 다시 돌아오지 못했습니다. 너무 기쁜 마음에 뛰어가다 달려오는 자동차를 보지 못한 것입니다. 아들이 손에 꼭 쥐고 있던 만년필만이 제게 돌아왔습니다. 저는 비록 찌그러졌지만 이 만년필을 선생님께 돌려 드려야겠다고 생각했습니다. 무엇보다 제 아들이 그걸 간절히 원할 테니까요.'

발깔개를 터는 남자

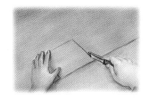

나는 빌딩 숲 한구석에 있는 구두병원 원장입니다. 경력 삼 년째라 이제는 구두 모양만 봐도 그 사람 성격이며 건강 상태, 사는 정도까지 알 수 있을 만큼 이골이 났습니다.

그런데 아무리 ___ ___지 그 속을 알 수 없는 사람이 있습니다.

날마다 같은 시간에 지하도 입구에서 발깔개를 털고 가는 남자. 그는 지하철공사 직원도, 청소원도 아닙니다. 그런데 보물찾기라도 하듯 구석구석 놓여 있는 발깔개를 죄 찾아내 말끔히 털어 놓고 때론 물빨래도 마다하지 않습니다.

누군가는 그가 공무원이라고 합니다. 여학교 선생님이라고도 합니다.

'누가 시키지도, 돈이 벌리지도 않는 일에 그는 왜 그토록 매달리는 걸까?'

궁금증을 참지 못한 나는 그에게 말을 붙여 보기로 했습니다.

"아저씨, 제가 구두 닦아 드릴게요."

어느 날 나는 내 초라한 구두병원으로 그를 초대했습니다. 그의 낡은 구두를 닦아 주고 싶었기 때문입니다. 아니, 그가 지하철 발깔개를 닦게 된 사연을 알고 싶었다는 게 솔직한 표현일 겁니다.

"근데 아저씨, 저 궁금한 게 있는데 물어봐도 돼요?"

대체 왜 발깔개를 털고 다니느냐는 내 질문에 그는 한참을 뜸들이다 사연을 털어 놓았습니다. 군 복무중에 있었던 일이라고 했습니다.

그는 휴가를 나올 때마다 지하철 발깔개의 한쪽을 잘라냈습니다. 그 까칠까칠한 면으로 군화를 닦으면 광이 잘 났기 때문입니다. 처음엔 술기운에 장난 반 호기심 반으로 한 일이 제대 말년엔 고칠 수 없는 버릇이 돼 버렸습니다. 제대 후 그는 초등학교 교사가 되었습니다. 그런데 교단에 서서 참되라 정직하라 가르칠 때마다 젊은 날 그 일이 부끄러워 아이들 앞에 고개를 들 수가 없었다는 것입니다.

그는 얘기를 하다, 쑥쓰러운 표정으로 말했습니다.

"이런, 내가 자네한테 별소리를 다 했구먼."

발깔개를 터는 것은 양심에 낀 때를 터는 참회라며 그는 잘 마른 발깔개를 들고 지하도로 내려갔습니다. 세상엔 더 큰 죄를 짓고도 티끌만한 죄책감도 없이 사는 이들이 수없이 많은데도 말입니다.

벽돌 한 장

 내가 처음으로 자가용을 갖게 됐던 때의 일입니다.

"룰루루… 좋았어."

적금을 타고 대출을 받아 어렵게 산 새차라 나는 휘파람을

불며, 긁힐새라 흠날새라 조심조심 동네를 빠져나가고 있었습니다.

그런데 갑자기 골목끝 모퉁이에서 개구쟁이들이 뛰쳐나왔습니다.

차는 끽 소리를 내며 급정차했습니다.

"휴, 십 년 감수했네."

나는 반사적으로 속도를 줄인 뒤 애써 웃는 얼굴로 아이들을 보내고 다

시 차를 몰았습니다.

바로 그때 쿵 하는 소리와 함께 뭔가가 차에 부딪쳤습니다.

나는 급히 차에서 내렸습니다.

"뭐야 이거?"

벽돌 한 장과 찌그러진 문짝. 나는 어이없고 화가 나서 벽돌이 날아온 쪽

을 바라보았습니다. 그곳엔 한 소년이 겁에 질린 채 서 있었습니다.

나는 다짜고짜 그 소년의 멱살을 잡고 소리를 질렀습니다.

"대체 무슨 짓이야! 왜 돌을 던져?"

겁에 질린 소년이 눈물을 흘리며 말했습니다.

"아저씨, 죄송해요. 하지만 제가 벽돌을 던지지 않았다면 아무도 차를
세워주지 않았을 거예요."

소년은 눈물을 닦으며 길 한쪽을 가리켰습니다.

그 곳에는 쓰러진 휠체어와 한 아이가 길바닥에 쓰러져 있었습니다.

"우리 형인데 휠체어에서 떨어졌어요."

소년의 형은 만일 내가 차를 세우지 않았더라면 큰 사고가 날 뻔한 곳에
쓰러져 있었습니다.

"어 저런, 큰일 날 뻔했구나."

나는 놀란 가슴을 진정시키며 그 아이를 일으켜 휠체어에 앉혔습니다.

형은 정중하게 인사를 하였습니다.

"고맙습니다."

 소년은 다행이라는 듯 형의 휠체어
를 살폈습니다.

"형, 괜찮어?"

그렇게 날 부끄럽게 만든 형제는 몇 번이나 고맙다는 인사를 한 뒤 사라졌습니다.

그로부터 5년이 흘렀지만, 나는 지금도 그날의 찌그러진 문짝을 수리하지 않았습니다. 비록 볼썽사납지만 그 흉터는 운전대를 잡을 때마다 내게 말합니다. 너무 빨리 달리면 누군가 차를 세우기 위해 또 벽돌을 던지게 될지 모른다구요.

덕분에 내 차는 느림보가 됐지만 벽돌 한 장이 큰 사고를 막고 5년 무사고의 고마운 기록을 만들어 주었습니다.

희미하게 찍힌 사진

시장통에 알부자로 소문난 복점할머니가 살았습니다.

 장터에서 가장 목이 좋은 곳에 있는 식료품

점이 할머니의 가게였습니다.

복점할머니의 가게 앞엔 매일 아침 함지박

에 봄나물을 이고 와서 파는 냉이할머니의 좌판이 있었습니다. 봄나물을

펼치고 나면 냉이할머니의 하루 장사가 시작됩니다.

"자, 싱싱한 나물이에요."

저녁 무렵 장터엔 물건을 사려는 사람도 많았지만 구걸을 하려는 사람도

많았습니다.

그런데 복점할머니는 불쌍한 사람들이 손을 내밀 때마다 호통을 칠 뿐

적선을 하지 않았습니다.

"젊은 것들이 뭐 할 짓이 없어서 비럭질을 해. 장사도 안되는데 저리가!

어여."

할머니는 언제나 이런 식이었습니다.

하지만 냉이할머니는 달랐습니다. 식료품 가게에서 쫓겨나오는 걸인들

을 그냥 보내는 법이 없었습니다.

"옛다. 오늘은 이 떡뿐여."

"헤헤, 고맙습니다 할머니."

 벌이가 시원찮은 날은 하다못해 먹던 떡이라도 나눠 주곤 했습니다.

그러던 어느 날 복점할머니의 식료품 가게가 별나게 들썩거렸습니다. 기자들이 오고 방송국 카메라가 할머니를 찍어대고…….

"이렇게 큰 돈을 기증한 특별한 이유라도 있으십니까?"

기자들의 질문에 복점할머니가 대답했습니다.

"나 죽고 나면 재산이 다 무슨 소용이겠수."

'평생 모은 돈 3억 기부'

다음날 신문에는 대문짝만한 글씨와 함께 복점할머니가 활짝 웃는 사진이 실렸습니다. 사람들이 하나 둘 복점할머니 주위로 몰려들기 시작했고 시장통은 잔치분위기에 휩싸였습니다.

바로 그때 걸인 소년과 장애 청년이 혼자 덩그러니 앉아 있는 냉이할머니에게 다가왔습니다.

"할머니, 신문에 할머니 얼굴 나왔어요."

"내 얼굴이?"

"네, 이거 보세요. 여기요."

소년이 가리킨 것은 크고 뚜렷하게 찍힌 복점할머니의 사진 한 귀퉁이에 있는 작고 희미하게 찍힌 냉이할머니였습니다.

아무도 눈여겨 보지 않았지만 냉이할머니는 사진 속에서도 배고픈 아이들에게 떡을 나눠주고 있었습니다. 할머니는 빙그레 웃으시며 말했습니다.

"녀석들 눈도 좋지. 어디 이게 내 사진이야……."

걸인들에겐 복점할머니의 큰 돈보다 냉이할머니의 떡 한 점이 더 값진 사랑이었던 것입니다.

돌려받은 5천 원

내가 두 번째로 한국을 여행할 때의 일입니다.

서울의 한 백화점에서 쇼핑을 끝내고 막 나서

려할 때 아침부터 흐리던 하늘에서 기어이 빗방

울이 떨어지기 시작했습니다. 나는 비가 그치기를 마냥 기다릴 수 없어

쇼핑백을 머리에 이고 지하철역을 향해 달렸습니다.

"에이, 이러다간 영락없이 물에 빠진 생쥐꼴 되겠군."

지하철역은 너무 멀고 빗줄기는 너무 거세다고 느낄 때 선물가게가 보였

습니다. 나는 물을 뚝뚝 흘리며 가게로 들어갔습니다.

"어머 다. 젖으셨네… 우산 보시게요?"

갑작스런 비 때문에 예정에 없던 돈을 쓰게 된 나는 값이 가장 싸 보이는

우산을 하나 골랐습니다.

"이걸로 하셨습니까. 열마쇼?

"네, 그건 만 원입니다."

우산값이 생각보다 비싸 선뜻 내키지 않았지만 어쩔 수 없이 만 원을 내

고 우산을 받아들었습니다.

비는 하늘에 구멍이라도 난 것처럼 좍좍 쏟아졌습니다. 그 장대비를 뚫고 막 지하도 계단을 내려가려 할 때 누군가 나를 불렀습니다.

"저기 잠깐만요. 아저씨… 아저씨."

우산가게 점원 아가씨였습니다. 순간 불안한 생각이 머리를 스쳤습니다.

'내가 낸 돈이 위조지폐? 아니면 우산값을 덜 냈나?'

"아휴, 숨차."

대체 무슨 일일까? 긴장한 내 앞에 선 그녀는 가쁜 숨을 몰아쉬면서도 힘들게 5천 원짜리 지폐 한 장을 내밀었습니다.

"이 돈 도로 받으세요."

장부에 기입하려고 정가표를 보다가 내가 산 우산이 5천 원짜리라는 걸 알게 됐다는 것이었습니다.

"외국분 같아서 못 만나면 어쩌나 걱정했어요. 죄송합니다. 정말 죄송합니다."

그녀의 서툰 영어실력과 내 서툰 한국어실력으로 그 말을 다 알아듣는 데는 시간이 걸렸지만, 그것은 내가 한국을 여행하는 동안 겪은 가장 아름다운 기억으로 가슴에 남아 있습니다.

나비의 용기

그날 나는 한적한 숲길을 따라 혼자 걷고 있었습니다.

얼마쯤 걸었을까, 물이 고여 있는 웅덩이가 나의 발
길을 가로막았습니다. 행여 신발에 진흙이라도 묻
을까 봐 빙 돌아가려는 순간, 무언가 나를 공격하는
것이 있었습니다.

"헉!"

기습은 두세 차례 계속 됐습니다. 다치거나 넘어질 만큼 강한 공격은 아

니었지만 나는 깜짝 놀라 뒤로 물러섰고 상대도 그제서야 공격을 멈추었

습니다.

나를 공격한 상대는 다름 아닌 나비였습니다. 나의 주변을 날고 있는 나

비 한 마리.

"허참, 나비의 공격을 받다니……."

나는 상대가 나비인 것을 알고 가던 길을 계속 가려 했습니다. 그러자 나

비는 다시 온 힘을 다해 내 이마를 들이받았습니다.

"억, 이런……."

나는 또 한번 물러섰습니다.

"대체 무슨 일이지?"

그러나 나비는 물러설 기세가 아니었습니다.

"저리 가라구, 가란 말이야."

내가 팔을 휘젓자 나비는 뒤로 물러서더니 잠시 후 살며시 땅에 내려앉았습니다.

그제서야 나는 나비가 왜 나를 공격했는지 알 수 있었습니다.

물웅덩이 옆에 또 다른 나비 한 마리가 떨어져 죽어가고 있었던 것입니다. 나를 공격했던 나비는 죽어가는 친구를 자신의 날개로 감싸안았습니다.

나는 나비의 사랑과 용기에 감탄하지 않을 수 없었습니다. 나비는 죽어가는 친구를 보호하기 위해 위험을 무릅쓰고 덩치가 수천 배나 큰 나를 공격한 것이었습니다. 내가 친구를 밟지 않도록 말입니다.

한참 뒤 나는 호숫가에서 두 마리 나비가 사이좋게 날고 있는 모습을 볼 수 있었습니다.

서로의 체온으로

한 남자가 네팔의 눈덮인 산길을 걷고 있었습니다.

살을 에는 추위에 눈보라까지 심하게 몰아쳐 눈을 뜨기조차 힘든 상황이었습니다.

아무리 걸어도 인가는 보이지 않았습니다.

그때 멀리서 여행자 한 사람이 다가왔고 둘은 자연스럽게 동행이 됐습니다. 동행이 생겨 든든하긴 했지만 말 한 마디 하는 에너지라도 아끼려고 묵묵히 걸어 가는데 눈길에 웬 노인이 쓰러져 있었습니다.

그대로 두면 눈에 묻히고 추위에 얼어죽을 게 분명했습니다.

그는 동행자에게 제안했습니다.

"이 사람을 데리고 갑시다. 이봐요, 조금만 도와줘요."

하지만 동행자는 이런 악천후엔 내 몸 추스리기도 힘겹다며 화를 내고는 혼자서 가 버렸습니다. 그는 하는 수 없이 노인을 업고 가던 길을 재촉했습니다.

얼마나 지났을까. 그의 몸은 땀범벅이 되었고 더운 기운에 노인의 얼었던 몸까지 녹아 차츰 의식을 회복하기 시작했습니다.

두 사람은 서로의 체온을 난로 삼아 춥지 않게 길을 갈 수 있었습니다.

얼마쯤 가자, 멀리 마을이 보이기 시작했습니다.

남자의 입에서는 안도의 탄성이 터져나왔습니다.

"으아, 살았다. 다 왔습니다 할아버지."

그런데 두 사람이 도착한 마을 입구에 사람들이 모여 웅성거리고

있었습니다.

'무슨 일일까?'

그는 인파를 헤치고 들여다 보았습니다.

사람들이 에워싼 눈길 모퉁이엔 한 남자가 꽁꽁 언 채 쓰러져 있었습니

다. 시신을 자세히 들여다 본 그는 깜짝 놀랐습니다.

마을을 코앞에 두고 눈밭에 쓰러져 죽어간 남자는 바로 자기 혼자 살겠

다고 앞서가던 그 동행자였기 때문입니다.

진정한 후원자

결혼 20년 만에 30평짜리 아파트를 장만하게 된 부부가 있었습니다.

 월세와 전세를 번갈아가며 열 번이나 이사를 다닌 끝의 내 집 장만.

부부는 흔한 포장이사도 마다하고 둘이서 짐을 꾸리고 있었습니다.

그때 한 노인이 찾아와 이삿짐 나르는 걸 돕겠다고 제의했습니다. 그리곤 말이 떨어지기 무섭게 노인은 다짜고짜 짐을 나르기 시작했습니다.

"영차! 공짜라니까, 공짜."

돈도 받지 않고 이사를 돕겠다는 노인. 부부가 수락하고 말 겨를도 없이 노인은 어느새 능숙한 솜씨로 짐을 나르고 있었습니다.

워낙 일손이 아쉬웠던 터라 할아버지는 큰 도움이 됐고 덕분에 일이 수월해졌습니다.

"어유, 짐이 많네."

짐 정리가 거의 끝날 무렵 할아버지가 어렵게 말문을 열었습니다.

"저, 뭐 버릴 건 없나요?"

"글쎄요. 워낙 정이 든 물건들이라 버리기가 아까워서요."

리모콘도 없는 구형 텔레비전, 낡은 선풍기, 그런데도 버릴 물건이 하나도 없다는 말에 노인의 얼굴이 굳어졌습니다.

 실망한 기색이 역력했지만 노인은 말 없이 하던 일을 계속했습니다.

"이어차! 다 실었다."

그리고 짐을 다 싣자 노인은 약속대로 돈을 한 푼도 받지 않고 돌아갔습니다. 그로부터 보름 뒤 부부에게 초대장 한 장이 배달됐습니다.

'두 분의 도움으로 저희 복지시설이 온전하게 터를 옮겼습니다. 부디 오셔서……'

부부는 자신들이 단 한 번도 들른 적 없는 복지시설의 후원자가 돼 있다는 사실에 놀랐지만 초대에 응하기로 했습니다.

부부가 초대장을 들고 그 복지시설로 들어서자 한 노인이 공손히 그들을 맞이했습니다. 보름전 공짜로 이삿짐을 날라주던 그 노인이었습니다.

노인은 부부를 맨 앞자리로 안내한 뒤 다른 사람들에게 말했습니다.

"여러분, 이분들이 우리집을 유지하게 해준 진짜 후원자십니다. 그 동안 저는 이삿짐을 무료로 운반해 주며 버리는 옷장, 선풍기, 전기밥솥 따위를 모아서 복지관 살림을 꾸려 왔습니다. 그런데  이 부부만이 아무것도 버리지 않고 이사를 했습니다."

객석에서 한 여자가 질문했습니다.

"아무것도 버리지 않았다면 아무 도움도 주지 않았다는 뜻 아닌가요?"

한동안 침묵하며 뭔가 생각에 빠져 있던 노인이 조심스럽게 입을 열었습니다.

"사실 그 동안 이 복지시설을 운영하기가 무척 힘들었습니다. 그래서 이참에 작은 집으로 옮기고 많은 장애인들을 다른 곳으로 보낼 생각이었답니다. 헌데 이 부부의 이삿짐을 옮기고 돌아오면서 가족들을 한 명도 버리지 않기로 마음먹은 겁니다."

노인의 그 말에 모두가 고개를 숙였고 부부는 그날로 복지관의 진짜 후원자가 되었습니다.

〈TV동화 행복한 세상〉 원작 목록

1. 첫마음을 찾아서

누나와 앵무새
원작 | 「누이에게 처음 듣는 생일축하」(김명호) 출전 | 월간 〈해피데이스〉
애니메이션 | 송경호 고상이 양혁태 최규석(Ani pub.114)

느림보 버스
원작 | 「저기 우리 어머님이 오십니다」(이원복) 출전 | 『나는 공부하러 박물관 간다』(효형출판)
애니메이션 | 이우영 조항순 이현미(애니미어)

할머니의 손
원작 | 「할머니의 손」(경기도 안양시 호계동 · 이지영씨 실화)
애니메이션 | 이초롱 정화영 연정주(aniB105)

아버지의 밥상
원작 | 「아버지의 밥상」(방송작가 이미애)
애니메이션 | 문상희 김대진(애니웨이)

누나와 라면
원작 | 「도라지꽃 누님」(구효서) 출전 | 『마음에 상처 없는 사람은 없지요』(지성사)
애니메이션 | 원정환 박은영(애니2000)

지워지지 않는 낙서
원작 | 「지워지지 않는 낙서」(강원희) 출전 | 『저학년 초등학생에게 가장 감동적인 이야기』(한국어린이교육 연구원)
애니메이션 | 김정식 오혜선 서민정(애니미어)

손녀와 할머니
원작 | 「손녀와 점심」(김승전)
애니메이션 | 신창우 원정환 박은영(애니2000)

눈썹 그리는 여자
원작 | 작자미상
애니메이션 | 김금남 여춘희 강승화(카르마 엔터테인먼트)

머리가 좋아지는 약
원작 | 「이거 먹고 머리 좋아지면 좋겠어요」(작자미상) 출전 | 월간 〈낮은 울타리〉 사랑하기에 아름다운 이야기
애니메이션 | 조민철 심만기 정은정 정미정 이상원 임병관(애니미어)

아내의 자가용
원작 | 「여왕님! 제가 모시겠습니다」(방송작가 강근영)
애니메이션 | 김종학 박광엽 김지혜 김은숙 정혜숙 조은영 진유리 박지원 채덕규(애니미어)

계란 도둑
원작 | 「어린 달걀 도둑」(박진성) 출전 | 사랑의 감동 대축제 추진본부(유니텔 go midam)
애니메이션 | 민지성 조항순 이현미(애니미어)

노란 손수건
팝송 〈Tie a yellow ribbon round old oak tree〉 출전 | 『노란 손수건』(샘터)
애니메이션 | 김상영 신명주 홍현숙 김세영 김주연(마나로 엔터테인먼트)

첫마음을 찾아서
원작 | 「첫마음을 찾아서」(작자미상) 출전 | 월간 〈샘터〉
애니메이션 | 박성희 신명주 김상영(마나로 엔터테인먼트)

침묵의 서약
원작 | 「아름다운 결혼식」(이승훈) 출전 | 쌍용 사외보 〈여의주〉 독자에세이
애니메이션 | 김대진 문상희(춘천애니메이션 스튜디오)

바보 같은 사랑
원작 | 작자미상
애니메이션 | 전홍덕 임승현 최석원(두리프로)

2. 세상에서 가장 맛있는 라면

아버지의 하얀 운동화
원작 | 「아버지의 하얀 운동화」(작자미상) 출전 | 월간 〈낮은 울타리〉 사랑하기에 아름다운 이야기
애니메이션 | 이용수 김정현 김경은(애니통)

세상에서 가장 맛있는 라면
원작 | 「세상에서 가장 맛있는 라면」(경기도 평택시 장당동 · 이재종씨 실화)
애니메이션 | 문준재 김지영(애니팩토리)

도둑 수업
원작 | 「배달된 책 한 권」(대구시 달서구 진천동 · 최수진)
애니메이션 | 우지홍 이소연(애니통)

아버지의 등
원작 | 「아버지! 죄송합니다」(경기도 성남시 수정구 신흥2동 · 김경연씨 실화) 출전 | 『아버님 전상서』(문이당)
애니메이션 | 임창묵(슈가큐브)

집 나간 아들
원작 | 작자미상
애니메이션 | 조원준(애니윅스)

딸을 위한 기도
원작 | 라디오 방송 사연
애니메이션 | 장형석 이상의 구정란 노연주 김여진(드림존)

희망의 연
원작 | 「희망」(윤수천) 출전 | 『아름다운 사람 맑은 생각 하나』(좋은 글)
애니메이션 | 권진미 최남호 김종우(애니통)

초록 손수레
원작 | 「초록색 리어카 23번」(작자미상)   출전 | 월간 〈낮은 울타리〉 사랑하기에 아름다운 이야기
애니메이션 | 박성희 김상영 신명주 홍현숙 김세영 김주연(마나로 엔터테인먼트)

아버지와 아들
원작 | 영화 〈아버지를 업고 학교에 가다〉
애니메이션 | 이초롱 정화영 연정주(aniB105)

게으른 아들
원작 | 작자미상
애니메이션 | 장형석 이상경 이상미 구정란 노연주(드림존)

귤을 세는 아버지
원작 | 「귤을 판 아들과 귤을 세는 아버지」(서울 강서구 화곡본동 · 이용운씨 실화)
출전 | 『마음이 따뜻한 사람들의 이야기』(동천사)
애니메이션 | 문상희 유윤정 박성미 최윤경(춘천애니메이션 스튜디오)

꼴찌 하려는 달리기
원작 | 「꼴찌 하려는 달리기」(조승호)   출전 | 월간 〈샘터〉
애니메이션 | 김종학 김정식 이현미 조항순(애니미어)

따뜻한 조약돌
원작 | 「집에 가는 동안은 따뜻할게다」(한은하)   출전 | 사랑의 감동 대축제 추진본부(유니텔 go midan)
애니메이션 | 전홍덕 임승현 최석원 심동관(두리프로)

사랑의 핏줄
원작 | 「사랑의 핏줄」(작자미상)   출전 | 월간 〈샘터〉
애니메이션 | 이진우 이상경 김이태 정형규 이상미 이미순 김여진 김기호(드림존)

한걸음, 한걸음
원작 | 작자미상
애니메이션 | 조중현(모션 & 픽처)

3. 네가 손을 잡아 준다면

백 번째 손님
원작 | 「백 번째 손님」(동화작가 김병규)
애니메이션 | 조민철 이우영 이성우 신길수 조은정(애니미어)

동전 100원
원작 | 「동전 100원」(소록도 국립 나병원 간호사 정순덕)   출전 | 월간 〈샘터〉
애니메이션 | 배영운 김상영 김세영 신명주 양수정 남병길(마나로 엔터테인먼트)

우유 한 병
원작 | 「우유 한 병」(작자미상)   출전 | 월간 〈낮은 울타리〉 사랑하기에 아름다운 이야기
애니메이션 | 김지영 문준재 연정주(애니팩토리)

꽃을 심는 집배원
원작 | 「꽃씨와 집배원」(작자미상) 출전 | 월간 〈낮은 울타리〉 사랑하기에 아름다운 이야기
애니메이션 | 이초롱 정화영 연정주(aniB105)

집배원의 점심시간
원작 | 「우체부와 점심시간」(김승전)
애니메이션 | 조원종 이정하(애니웍스)

우체통의 새
원작 | 작자미상 애니메이션 | 조원종 이정하(애니웍스)

어머니의 약속
원작 | 「1999년 인천 공룡전시장에서 생긴 일화」(KBS 라디오 작가 김미라)
출전 | 조선일보 99. 6. 9 〈일사일언〉 '열린세상' 애니메이션 | 김삼채 우지홍 김종우(애니통)

사진 한 장
원작 | 「병사와 어머니」(작자미상) 출전 | 『희망의 집에는 행복이 산다』(신지성사)
애니메이션 | 박기영 임창묵(슈가큐브)

엄마 신발
원작 | 「엄마 신발 신고 뛰기」(정란희) 출전 | 『엄마 신발 신고 뛰기』(우리교육)
애니메이션 | 원정환 박은영 강민수(애니2000)

성실이라는 무기
원작 | 「성실이란 무기는」(작자미상) 출전 | 『즐거움은 지혜보다 똑똑합니다』(도서출판 참솔)
애니메이션 | 배영운 김상영 김세영 신명주 양수정 남병길(마나로 엔터테인먼트)

행복한 의사
원작 | 「행복한 의사」(미국 노스코와 주 멜렌데일 · 로이린드 의사의 실화) 출전 | 『소금』(들녘미디어)
애니메이션 | 정연현 이우만 지효섭(슈가큐브)

봉숭아 화분
원작 | 「봉숭아 화분」(작자미상) 출전 | 월간 〈낮은 울타리〉 사랑하기에 아름다운 이야기
애니메이션 | 김경은 우지홍(애니통)

빵집 아이
원작 | 「빵집 아이」(방송작가 이미애)
애니메이션 | 김영규 우지홍 이주섯(애니톳)

사랑의 반창고
원작 | 「상처난 가슴을 치료하는 방법」(작자미상) 출전 | 월간 〈낮은 울타리〉 사랑하기에 아름다운 이야기
애니메이션 | 박기영 임창묵(슈가큐브)

잊을 수 없는 꿈
원작 | 「잊을 수 없는 꿈」(김승전)
애니메이션 | 조중현(모션&픽쳐)

4. 엄마는 그래도 되는 줄 알았습니다

세상에서 가장 아름다운 모습
원작 |「가장 아름다운 모습」(김승전)
애니메이션 | 이초롱 정화영 연정주(aniB105)

잠기지 않는 문
원작 |「한없는 어머니의 사랑」(김도빈)   출전 |『마음을 다스리는 102가지 이야기』(미래문화사)
애니메이션 | 조중현(모션&픽쳐)

어머니의 눈물
원작 |「처음 본 어머니의 눈물」(김경연)   출전 | 쌍용사외보 〈여의주〉
애니메이션 | 이초롱 정화영 연정주(aniB105)

엄마는 그래도 되는 줄 알았습니다
원작 |「엄마는 그래도 되는 줄 알았습니다」(강원도 춘천시 우두동 · 시인 심순덕)
애니메이션 | 조민철 김종학 박지원 용남중 조은영(애니미어)

20억 년의 사랑
원작 | 작자미상
애니메이션 | 권진미 이소연 우지홍(애니통)

어떤 동행
원작 |「덕화아빠, 여기가 성산일출봉이예요」(유덕화)   출전 | 사랑의 감동 대축제 추진본부(유니텔 go midam)
애니메이션 | 김무연 서민경(애니미어)

장미 한 송이
원작 |「엄마에게 드리는 장미 한송이」(작자미상)   출전 |『사랑보다 더 소중한 보물은 없습니다』(마니아북스)
애니메이션 | 이진우 이상미 현종식 홍사일 이상미 이상경 노연주 김여진 (드림존)

단 5분만이라도
원작 |「아픔을 함께하는 사랑」(작자미상)   출전 | 월간 〈낮은 울타리〉 사랑하기에 아름다운 이야기
애니메이션 | 이초롱 정화영 연정주(aniB105)

어머니의 기다림
원작 | 작자미상
애니메이션 | 조중현(모션&픽쳐)

마지막 여행
원작 |「마지막 여행」(방송작가 이미애)
애니메이션 | 임창묵(슈가큐브)

어머니는 수험생
원작 |「어떤 모정」(김미선)   출전 | 사랑의 감동 대축제 추진본부(유니텔 go midam)
애니메이션 | 이상미 이상경 정형규 조세진 박강자 이은숙(드림존)

소년과 물새알
원작 | 「소년과 물새알」(작자미상)   출전 | 『한눈 뜨고 꿈꾸는 사람』(샘터)
애니메이션 | 권진미 장숙희 우지홍(애니통)

어머니의 가르침
원작 | 「어머님과 징검다리」(안충준)   출전 | 월간 〈샘터〉
애니메이션 | 김형택(애니줌)

세상에서 가장 부드러운 손
원작 | 「가장 부드러운 손」(방송작가 강근영)
애니메이션 | 김영규 강우정 김종우(애니통)

다시 태어난다면
원작 | 작자미상
애니메이션 | 엄용식 고미숙 권혁진 김상민(춘천애니메이션 스튜디오)

5. 고마움을 그린다

사랑의 가로등
원작 | 작자미상
애니메이션 | 박성희 신명주 김상영(마나로 엔터테인먼트)

꼬마의 편지
원작 | 작자미상
애니메이션 | 문상희 김대진(춘천애니메이션 스튜디오)

검정 풍선
원작 | 「검정풍선」(작자미상)   출전 | 『소금』(들녘미디어)
애니메이션 | 임창묵(슈가큐브)

도시락 속의 머리카락
원작 | 「도시락 속의 머리카락」(작가 선우 휘씨 실화)   출전 | 『가난한 날의 행복』(도서출판 함께)
애니메이션 | 박성희 김상영 신명주 홍현숙 김세영 김주연 황은정 이충연 이유미(마나로 엔터테인먼트)

고마움을 그린다
원작 | 「이름없는 화가」(작자미상)   출전 | 월간 〈낮은 울타리〉 사랑하기에 아름다운 이야기
애니메이션 | 원정환 박은영 신창우(애니2000)

1006개의 동전
원작 | 「1006개의 동전」(서울시 관악구 봉천 6동 · 김민수씨 실화)
애니메이션 | 신병철 장경남 서형득 이상미 노연수 김여신(드림존)

이상한 라면 상자
원작 | 「이상한 라면상자」(작자미상)   출전 | 월간 〈낮은 울타리〉 사랑하기에 아름다운 이야기
애니메이션 | 황유미 이유림 김종우(애니통)

찌그러진 만년필
원작 | 「찌그러진 만년필」(미국 작가 필 박사의 실화)
애니메이션 | 김대진 문상희 유윤정 박성미(춘천애니메이션 스튜디오)

발깔개를 터는 남자
원작 | 작자미상
애니메이션 | 김형택(애니줌)

벽돌 한 장
원작 | 「벽돌 한 장」(작자미상)　출전 |『사랑보다 더 소중한 보물은 없습니다』(마니아북스)
애니메이션 | 이창우 고상이(Ani pub.114)

희미하게 찍힌 사진
원작 | 「희미하게 찍힌 사진」(전남여고 교사 장문식)　출전 |『멍텅구리 편지』(한국어린이교육 연구원)
애니메이션 | 김무연 김현정 이현미 조항순 이상원(애니미어)

돌려받은 5천 원
원작 | 「돌려받은 1천 엔」(김상순)　출전 | 월간 〈샘터〉
애니메이션 | 배영운 김주연 양수정(마나로 엔터테인먼트)

나비의 용기
원작 | 작자미상
애니메이션 | 권진미 장승룡 우지홍(애니통)

서로의 체온으로
원작 | 「서로의 체온으로」(인도 썬다 씽 실화)　출전 |『희망의 집에는 행복이 산다』(신지성사)
애니메이션 | 박성희 김상영 신명주 홍현숙 김세영 김주연 황은정 이충연 이유미(마나로 엔터테인먼트)

진정한 후원자
원작 | 「진짜 후원자」(김승전)
애니메이션 | 김종우 김수진 신영재(애니통)